Luiz Adriano Seabra

VICENTE

Quixote + Do
EDITORAS ASSOCIADAS

À guisa de reverência:

A você, pessoa que, neste exato momento, passa os olhos sobre estas palavras, os meus agradecimentos. Sim, enfatizo a palavra "sobre" – por cima, do alto – porque a arte, qualquer forma de arte, só é altaneira se o público a vê como tal.

Estendo agradecimentos aos meus quase 60 anos de idade e às pessoas com quem convivi: professores, detratores, tratores, colegas da profissão.

Agradeço aos autores que formaram o meu ser escrevinhador: Machado de Assis, Fernando Pessoa, Pablo Neruda, Carlos Drummond de Andrade, Chico Buarque.

Agradecimentos maiúsculos à Editora Quixote+Do, na pessoa de Luciana Tanure e do respeitável livreiro Alencar Perdigão, sem esquecer a professora, mestre em Letras pela USP, revisora deste livro, Marlene Barbosa Ferreira.

Agradeço aos universos dos telejornais e do rádio, ao tênis, à "cozinhança", ao motociclismo, aos amigos de infância e aos que se juntaram aqui para que Vicente pudesse continuar a sua viagem como personagem da realidade.

Meus agradecimentos também à minha família, desde Adhemar e Nitinha até os netos Eduardo, Luiza, Juliana, Melissa e Kairo. Aos meus filhos: Luiz Eduardo, Paulo Fernando e Danielle; às irmãs Maria Bernadete e Maria Ignêz e, também, a minha nora, genro e sobrinhos queridos.

À minha mulher, Mônica Horta, e toda a sua extraordinária família.

Agradeço também a Deus, por conceder-me a distinção e a obrigação de sair por aí psicografando uma história absolutamente real. E absolutamente livre.

Agradeço a "Vicente" que, sem muito pensar, foi se despindo para este autor como se estivesse diante de Michelangelo.

Vejam só!

INTRODUÇÃO

Em tempo: não se surpreenda...

Este livro não tem um foco. Não há interesse algum em fechar questão com os profissionais de *coaching* e a natureza dos profetas da neurolinguística. Vicente é disperso e a demência social é uma presença constante no mundo desta narrativa. Além do que, mais que uma boa e breve leitura, traz o que está absolutamente consagrado nesses tempos de brevidades: o compartilhamento de imaginações e interesses.

Sim, sou daqueles que se encantam com as minúcias e a narrativa extremamente detalhada de uma história. Mas que também, ao contrário, passam sobre as palavras como se quisessem alcançar o desfecho dos que pretendem contar, antes que alguém o faça, alguém que despreza o caminho das letras, das entonações e a própria autoria.

No período próximo ao Natal de 2017, presenciei a brincadeira de três de meus netos: Eduardo, Luiza e Juliana, que preenchiam o tempo, nas viagens de carro, com a construção de narrativas que extrapolam a linha da sequência lógica e do pano de fundo regularmente estendido, amparando-se na palavra mágica de nossa contemporaneidade: criatividade.

O primeiro participante começava com uma frase, cabendo aos outros, na sequência, dar continuidade ao que fora iniciado para que a brincadeira, caminhante, encontrasse o desfecho da história que estaria por vir. Saía de tudo. E ríamos com gosto das brincadeiras, dos delírios, dos *insights* e, principalmente, da inventividade daquelas crianças de sete a doze anos.

Foi a partir daí que voltei às páginas de *Vicente* para retirar a obviedade dos finais fechados, dando lugar a outros caminhos, conforme o automatismo de muitos, o desinteresse de alguns, a subjetividade de outros tantos, a presença oportuna e criativa de todos.

Como autor, apresento-me discretamente ao público leitor que agora, mais do que nunca, interage, cobra, critica, elogia e, por vezes, nem se dá o trabalho da leitura, por não se encontrar nela.

Sim, existe a lógica de procurarmos, todos nós, a leitura que gostaríamos de revelar.

Mas o que um livro – mais um livro – neste mundo contemporâneo dos algoritmos, pode acrescentar à vida das pessoas? Certamente existe um nicho que haverá de comentar os trâmites desta nossa história, por mais que Vicente esteja sob a jurisdição e a vigilância de seus algozes, como se o autor se posicionasse à moda do seu protagonista, sempre esquecido de terminar aquilo que começou. Em alguns momentos, as pontas estarão soltas cabendo a você, leitor moderno, socorrer-se da sua própria imaginação literária.

Mas, por que a narrativa deseja permitir também o seu desfecho?

Porque *Vicente* é, também, um pedido de socorro de muitos idosos que se encontram no mesmo limbo, além daqueles que, desacreditando até de si mesmos diante das coisas mais corriqueiras da vida, envelhecem antes do tempo.

Acreditava e sempre acreditou que fosse exaustão. Estava cansado das coisas sem sentido: matérias escolares de utilidade zero, matemática que não se aplica às subjetividades da alma humana, discussões sobre religião entre o pai protestante e a mãe católica. Cansado da falta de objetividade da poesia, da sua própria falta de coragem para entrar em bola dividida nos torneios de pelada, ele só entrava em campo quando era o último jogador da vila onde morava. Por conta disso, perguntava para si mesmo: "Como ver fundamento e compromisso em um esporte que arranca o tampo do pé, rala o joelho, entorse o calcanhar? Um esporte que sufoca o goleador quando um time inteiro mergulha sobre o pobre, formando uma montanha de homens suados, uns em cima de outros, todos a lhe roubar o oxigênio e a dividir a vitória? E, sem ser estraga prazeres, muitos pulando só por pular."

O cansaço não incluía as letras. Gostava de ler, mas desde menino tinha que reler os textos várias vezes para que alguma coisa lhe parecesse com a tal pilha de atletas que se jogam em torno de um salvador da pátria, ou do personagem principal de si mesmo. Era-lhe impossível guardar na memória as fórmulas matemáticas, a tabela periódica, o Hino Nacional, o Hino à Bandeira, o Hino da Independência, os hinos bíblicos da Igreja Adventista do Sétimo Dia – Movimento da Reforma, da qual o pai era fiel escudeiro, e ainda as frases de efeito de algum líder político. Provar, ainda, que, de cor, recitaria o Hino do Vasco, as músicas de Roberto Carlos, de Raul Seixas e os poemas de Vinícius de Moraes e de Carlos Drummond de Andrade. Tudo para amontoar as ideias. Afinal, sabia ele que peso e pesadelo são palavras e coisas muito próximas. E absolutamente sufocantes.

Da mesma forma que gostaria de fazer parte (e não conseguia) de um time e da expressão que as pilhas humanas em campos de futebol mundo afora catalisam para si os seus feitos, Vicente não conseguia memorizar as lições da escola ou qualquer história que passasse sob os seus olhos. Como diria fulano... Cicrano disse... As citações eram a pedra no caminho do desmemoriado.

"Ora, Vicente, é só entender a questão, organizar as ideias e pronto! *Adelante*!" Diria Quixote aos seus botões encantados. E adiante foi Vicente, mas sem os sofrimentos internos de carregar consigo o emblema da burrice ou o semblante de um asno. Se é que o pobre animal não está aqui mal colocado, por ter alguma memória do pasto vivo que tão bem sabe ler ou sentir. Afinal, o homem não é só a sua memória. É também intuição e sabedoria.

A leitura era tudo o que dava prazer ao menino que desde pequetito já intuía ser um jornalista, embora ler por obrigação os salmos e os provérbios bíblicos lhe tirasse o tesão pela sabedoria. Mal compreendia a alma humana, lá vinha o ogro do seu Dedé a lhe empreender o passado de um tempo tão tão distante... Chamar o pai de ogro nos idos do presente era, além do adjetivo mais que perfeito, um quê de carinho. Assim como poderia apelidar a mãe de Fionna.

Ao mesmo tempo em que ele próprio revelava-se um ser de outro planeta, desses que ficam fora do ar, à deriva no tempo, no espaço, era a leitura que lhe dava os devidos esclarecimentos da vida. O pobre menino não entendia bem a decoreba das coisas. Em contrapartida, Vicente era um armazém de slogans publicitários. Eram as placas de outdoors que lhe davam um certo alívio para salvar-se da burrice catalogada pelas metáforas sociais. Ele repetia as pequenas e objetivas frases de efeito como se a elas conviesse dizer tudo ou todas as coisas de uma tacada só: Minister, para quem sabe o que quer. Se é Bayer, é bom. Globo FM, aqui você não ouve, você sente. Pois era assim que sentia a comunicação perfeita entre as pessoas: frases curtas, umas sobre as outras, num amontoado de ideias e paixões, como o ritmo implacável de uma goleada. Outra coisa que marcaria Vicente por toda a vida seria a sua inteligência visual e geográfica.

Embevecia-se nas galerias de arte e imaginava-se pintando telas impossíveis. Retrataria a felicidade, mas não o sorriso; a tristeza, sem lágrimas; a extensão das bactérias, sem a "borrucha dos gemiloides", ou melhor, sem sombras e rémoras; pintaria o duelo entre a paz e o amor e, finalmente, colocaria na tela a alma dos grandes pintores. Pensava grande, mas nunca procurou um professor de desenho. Se desenhava, tinha que escrever um título sobre a coisa aplicada no papel. Se rabiscava algumas borboletas, as lepitópteras tinham tudo para saírem voando como hipopótamos.

No campo da geografia, Vicente era uma perfeita bússola. Na infância, entre os amigos de bicicleta, comandava as ações de saída dos apertos antes que um pai ou uma mãe desse sinal de alerta. Em situações complicadas, também guiou vários colegas do motociclismo para o caminho pretendido. O senso de direção dele podia ser testado tanto em fazendas e matas quanto em trechos de cidades como São Paulo. Certa vez, freou e sinalizou para o grupo que dali, daquele ponto, todos deveriam retornar. Estavam na boca de uma perigosa favela, segundo contaram os amigos.

3

II

Vamos avançar no tempo uns 50 anos. Porque Vicente só consegue se lembrar de algumas fases da sua vida e, mesmo assim, situações com importância somente para alguns causos ou histórias sem conteúdo. Para se ter ideia sobre o que lhe ocorre, o jornalista de hoje não tem lembrança de fatos acontecidos entre primos e parentes, entre colegas de colégio da pré-escola à universidade, e até mesmo de uma ou outra brincadeira da infância de seus próprios filhos. Tudo bem para o leitor?

Vicente está hoje com 60 anos.

Mesmo no trabalho que sempre pratica, por vezes acontece de tergiversar, desconversar e sorrir. Mostra-se vivo, o sorriso de Vicente. Tão vivo e superlativo que, os embaraços da memória ele tira de letra. É verdade também que, de vez em quando, ele esquece do aniversário de um filho ou de um neto; nada que as redes sociais e a internet não o acudam, para então enviar pelo menos uma clássica mensagem de parabéns.

É visível o abatimento de Vicente quando se confronta com esse perrengue dos esquecimentos, dos lapsos de memória. Lapsos que, por vezes, desacreditam a si mesmo diante das coisas mais corriqueiras da vida. Ele cansou de ouvir esfregões da mulher, a lhe confirmar a sua quase estupidez diante do que seria bastante óbvio.

O outro lado dessa história, o lado que Vicente gostaria de contar, é que, independentemente de conseguir guardar a data de uma simples consulta médica ou lembrar-se de levar para consertar o terno, amarrar os sapatos ou dar um simples recado, as coisas em si fazem sentido e têm direção, quando ele mesmo conta para si as suas mazelas, sempre com o ar preguiçoso de um indolente que não se interessa pelo cotidiano e a miudeza das coisas.

Um adendo à apresentação de nosso personagem: há algo que Vicente persegue, sem um único esquecimento: as apostas na loteria. Sonha ver as famosas seis dezenas premiadas caírem-lhe do céu tal qual uma bela maçã. Seria o despertar criativo da gravidade, embora saiba que grave mesmo é a opção de acertar não uma, mas seis maçãs do prêmio máximo da loteria da Caixa. Segundo os matemáticos, há uma aposta vencedora em cinquenta milhões de chances, e isso só pode mesmo ser coisa de maluco. Maluco beleza, ele diz, parafraseando Paulo Coelho e Raul Seixas, com um sotaque carioca.

— Maluco beleza, aí!!!

Ou será ele mais um brasileiro sonhador, num país imenso e rico, a viver sem entender a falta que a boa oportunidade faz? Em todo caso, o nosso amigo (se é que um dia ele irá lembrar-se de nós) insiste, apesar de todos os desassossegos da empreitada da sorte, todas as vezes que corre o grande prêmio da Mega-Sena. Dia sim, outro também, lá vai ele, até as casas lotéricas dos bairros, para fisgar os prêmios menores. Mas, cada dia, num canto diferente da cidade, para que o prêmio saia da sua geografia e para que nunca os vizinhos e os amigos fiquem sabendo que ele foi o fiel depositário da sorte grande, do prêmio mais que formidável. Mas o que há por trás dessa ambição de riqueza, tão preguiçosa?

Ah, um dia poderia deixar herança aos filhos, do tipo cala-boca, pelas ausências todas que impusera a eles e a si próprio, mesmo sem muita ou nenhuma propriedade ou prosperidade. Haveriam de calar-se aos gritos da riqueza tão esperada e ao mesmo tempo inesperada e calar o desdém que não mais dá conta de suportar.

Desde então, a sorte de Vicente estaria lançada. Para o acaso (azar ou sorte) e as derivações embarcadas do Sr. Vicente, os espasmos hialoides que lhe confessavam o peito seriam também um plano de fuga – um plano não planejado – sem método, hierarquia, domínio, lucidez e, claro, liquidez. Mas a tal sorte, aquela amiga que calaria a alma e as sombras das coisas, nunca chega. O que não quer dizer absolutamente nada: ele continuará tentando até o último suspiro. Um dia, depois de umas cervejinhas, Vicente investiu-se de pérolas e soltou um pum de palavras: "Porque sorte mesmo é viver. E viver ainda é a melhor alternativa. Ainda mais que somos todos números!"

3

III

Não contei ao ilustre leitor, mas Vicente é – imagine só – jornalista! Contei? Daí a penúria do pobre homem diante da sua extra demência, ao sair para a rua tendo que enfrentar passagens em *off* no corre-corre de três, quatro, cinco reportagens num espaço de seis horas, em um dia regular de trabalho. Nesse tipo de reportagem, a narrativa do fato é o que há de mais relevante na condução da notícia. E, para que a comunicação jornalística aconteça, é imprescindível decorar textos com esmero para não repetir palavras, dando atenção ao ritmo, checando sempre os erros de concordância e regência verbal e nominal. Deixo claro, aqui, que a expressão anterior "penúria do pobre homem", se encaixa bem no cotidiano de sobrevivência de nove entre dez repórteres. Mas isso é outra história.

Como chegou à universidade, nem o nosso Vicente sabe, até hoje, explicar. Apenas intuição? Afinal, não era a memória que lhe retirava a capacidade de escrever, sugerir, ouvir, decompor, discutir e viver com essa específica limitação? Nas trevas, nome que dava aos escuros da memória, sabia ele muito bem esperar o sol para desenhar, no seu tempo, caminhos e mapas. Amor à profissão também explicaria...

A verdade é que ele nunca quis realmente colocar-se à prova nas reportagens de campo. Temia não dar conta do recado. Lá, onde os fatos acontecem, quando se perde uma simples frase, não há segunda chance. Os fatos não têm *replay*. Definitivo assim. Mas era preciso sair à Pernalonga, pela tangente, para ser útil à rotina dos noticiários.

Foi com olhar altivo, inteligência arguta e observação, com postura de ocupação de um espaço único e igualmente seu, privilegiado até, e sempre com um jeito carinhoso e prestativo de ser, que Vicente venceu a sua maior deficiência. Durante os mais de 40 anos dedicados ao jornalismo, muitas foram as histórias de sucesso por ele conquistadas. Vicente foi longe sem ser referência em sua área de atuação. Talvez ele nem quisesse sacar a palavra referência do seu coldre de mitigação nas inúmeras reportagens de que participou, até mesmo para poupar o significado da palavra. Afinal, referência requereria um mínimo de memória para se ater aos seus supostos ditames. Coisa que o destino – ah, o destino! – lhe (des)confiou.

IV

Rildo, Renato e Bárbara são os únicos filhos de que Vicente tem notícia e que foram por ele registrados. Do segundo casamento, com Lívia Santa Gentil, duas criaturas até hoje superam as suas expectativas de paternidade: Helena e Vitória, moças que considera filhas do coração. Tanto uma quanto a outra prestavam-se a esse papel e o vigiavam de longe, por causa de um tempo de solo fértil em terra firme. Explico: Vicente as criou por sete anos, dos oito aos quinze e dos nove aos dezesseis, quando as jovens, na mais tenra idade, absorveram as penúrias e as proteções do mundo ainda dominado por Vicente.

Para completar, a família do distraído jornalista havia, nas queixas do próprio, uma venenosa filha da p... Cândida Marinho, que dizia ter nascido na Serra do Salitre e que brevemente decretaria a morte de Vicente, por asfixia. Quem era Cândida? Na cidade do interior, ninguém nunca soube de Cândida e de uma tal família Marinho. Marinho, de Mundeco. Mundeco? Marinho? Esse eu nunca vi por aqui, disse certa vez Seu Caetano, um dos mais velhos filhos da terra.

Cândida Marinho foi a companheira que Vicente arrumou depois de uma famigerada amnésia alcoólica em um *bodegón* da periferia de Buenos Aires, cujo letreiro ele nunca mais esqueceu: 22. Até porque 22 era o dia do mês de junho e foi a forma como Cândida brincou, à época, chamando-os (debilmente) de dois patinhos na lagoa.

Se sóbrio, o nosso amigo já era esquecido, imagine bêbado, em pleno inverno, na gelada capital portenha. Nesse caso, fora os algarismos empatados, que repetiu por vinte e duas semanas nos seus jogos da loteria, esqueceu-se de tudo o mais. E esquecendo-se, deixou entrar o joio em sua vida besta: vidinha plena mas até então sem dissabores.

E a viúva – ela era viúva – chegou de mala e cuia à casa do seu futuro adversário. Foi entrando, tomando conta do espaço e, bem antes do que se supunha, trocou a paciência da paixão fulminante no Bodegón 22 por irritações, chiliques e outras descomposturas.

Era-lhe impossível aguentar um sujeito que suava em bicas e sequer se lembrava de comprar os seus chocolates. Além do mais, dois anos depois da ocupação, ele havia ficado brocha.

— Brocha e esquecido; deve ser Alzheimer! – dizia Cândida. A pobre moça era um oásis de sentimentalismos fúteis. E sempre estava a contraluz das telas. As mesmas telas que teiam expressões e abismos cândidos, repletos de obscuridades e escuridades, numa exposição de sofrimentos contidos,

a respirar odores e adornos de cabarés pilhados de galerias e guetos, como numa tela de Toulouse-Lautrec.

A única coisa que permitia a Cândida ter expressão e aspecto de gente sã era o gozo fácil em suas relações sexuais. Quando atingia o clímax do nheco-nheco, como ela mesma se referia à fornicação de outrora, a mineira tornava-se lívida e sedutora. Mas essa candura durava poucos minutos, coisa de quarenta e cinco minutos, sem prorrogação. Imagine a pilha em que a coitada se tornou com a falta de eletricidade do marido. Aos 46 anos, no ápice de sua intensidade sexual, Cândida tinha que conviver com "aquele imprestável do Vicente!"

***

No dia em que o levaram para a casa de repouso, de acolhimento, asilo ou abrigo de idosos como são conhecidos esses estabelecimentos, Cândida e os filhos do próprio, Rildo, Renato e Bárbara, deram-se as mãos para consagrar definitivamente a demência do repórter para que o fato logo se consumasse. E, naquele instante, já, sem um adiamento sequer. Ninguém queria arcar com a rotina dos medicamentos aviados para a pressão alta, os diuréticos, as vitaminas e, no futuro, ter de dar-lhe banho ou, talvez, ajudá-lo a vestir-se, calçar sapatos, raspar e recortar o miserável cavanhaque e, pior, ouvir as suas ironias, os comentários irritantemente equilibrados sobre os indeferidos humanos, aguentar as suas manias... ah, e conviver com aquele olhar verde e inquisidor? Nem pensar! O olhar de Vicente, que a todos deixava nus e vulneráveis? Cruz-credo!

Como sinal dos tempos ou de advertência, sabiam eles que havia, no embarque naquela ambulância onde estava escrito com letras garrafais "SUS", uma espécie de incontinência e inconsistência para o ato que ali praticavam: algo inconfessável, doentio. Todos, esposa e filhos, se dispuseram a afirmar, cheios de convicção, que Vicente sofria de Alzheimer, advogando para tal afirmação uma escala de mentiras que fariam corar até aquele ex-presidente da Câmara dos Deputados, dos idos de 2017, Eduardo Cunha, preso por corrupção, formação de quadrilha e por mentir na Comissão de Constituição e Justiça da casa brasileira que presidia. Além de tais mentiras, iam adicionando as mais venenosas pimentas à demência do marido e do pai. Cada um inventava uma coisa ou outra para influenciar o Dr. Orácio Nicácio a internar o sofrimento de todos – inclusive o do próprio paciente.

Caro leitor, não pergunte a este humilde narrador o que fazia uma ambulância do setor público por ocasião do internamento do jornalista... pelo que sei, não existe convênio dos órgãos oficiais com a clínica Razão e Sensibilidade. Se havia razão e sensibilidade ninguém nunca soube, mas a clínica ficava onde alguns símios deveriam balançar entre um e outro substantivo: ou seja, em Macacos, ou, São Sebastião das Águas Claras, distrito da cidade de Nova Lima, região metropolitana de Belo Horizonte, Minas Gerais.

— Não tenho tempo para cuidar do papai, sentenciou Rildo.

— Eu não dou conta das minhas coisas, imagine ter que ficar paparicando velho com cápsulas e cápsulas de remédios em hora marcada... – seguiu, inclemente, Bárbara, pelo mesmo caminho do irmão mais velho.

Enquanto isso, Renato já resolvido a mudar-se para bem longe, não teria que deslocar-se até a clínica duas ou três vezes por ano, como obrigação absolutamente desconfortável, segundo ele.

Já Cândida, essa era a eletricidade que faltava para que tudo o que se discutiu naquele momento fatídico da internação ficasse absolutamente transparente. (Incrível como a transparência de uns não se coaduna com as transparências da maioria). Com Vicente, não havia mais a menor condição de convívio. Era choque. Como um filamento metálico incandescente em tempos de lâmpadas de LED. Era-lhe impossível aguentar os seus arroubos, o seu olhar distante, o tipo mordaz, aquele nariz pontudo apontando para ela e para todos como seta, dessas que indicam a direção obrigatória das coisas.

Ao cabo de duas horas de relutância do insubordinado paciente em ter que aquiescer à sua própria internação, ele, finalmente, como quem sobe na escala do acaso, entrou na armadilha dos dementes. Atendia, assim, aos desejos filiais e ao gozo simulado da mulher. Claro está que sabiam que o desespero de Vicente diante daquela violência nada podia contra os musculosos enfermeiros, que logo logo trataram de aplicar-lhe o "sossega leão" Haloperidol, sem se aterem às mais severas contraindicações de uma síndrome neuroléptica maligna ou discinesia tardia. Em seguida, o deitaram na ambulância como um passarinho enfurnado em suas próprias penas e seguiram viagem de mais ou menos 50 minutos, até a clínica de idosos. Ao chegarem, da ambulância o transportaram para um estreito quarto, o 3D, e o colocaram para dormir numa estreita cama de madeira rústica. Tudo parecia controlado, ao compadrio de um sono profundo, narcotizante, certamente como os dormidos pelos fumadores de *crack*.

Vicente era das sombras, como desenham as telas de Gustave Courbet. Das sombras e da luz tênue que desassombra o mundo, amargura e melancolia (como verbo) o viver sinceramente entre fragilidades, fantasmas e atribulados realismos. Sua alienação, ainda que involuntária, refletia *The Wounded Man*, do inigualável pintor francês. (Ninguém jamais traduziu a luz do artista em seus espasmos de resistência). Mas, naquele exato instante, Vicente sequer conseguia pintar para si o quadro desproporcional daqueles que deveriam defendê-lo, ouvir suas histórias, perceber que estavam diante de um homem que, mesmo esquecido, jamais se esqueceu deles – de seus próprios filhos, caramba! – em sua luta inglória de único ganhador de uma loteria milionária. O que mais ele poderia fazer para cativar os seus, a não ser comprá-los de maneira estúpida para que pudessem deixá-lo em paz, à janela, debaixo do cobertor, à pouca luz, à sombra do que lhe sobrara? Mas, Vicente estaria convivendo com o inquietante Mal de Alzheimer e seria enquadrado naquele cativeiro custasse o que custasse. Exausto, Vicente adormeceu desfalecido.

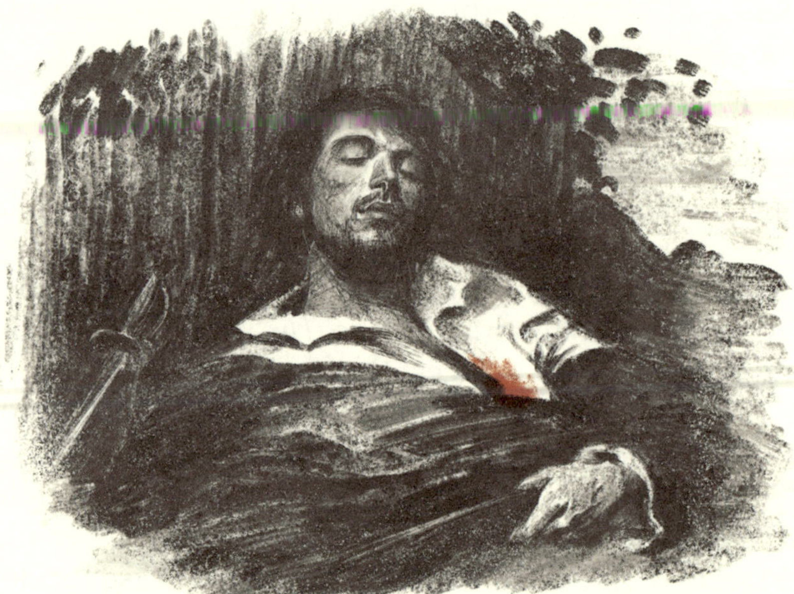

3

V

Oncotô? Pergunta o cidadão mineiro, no seu linguajar elíptico de dono das palavras, ao despertar de um sono insuportavelmente profundo, quinze horas depois da sedação e da violência sofrida. Ao lado, ronronava um velho de quase cem anos em uma cama de hospital bem mais alta que a sua. "Esse aí deve estar praticamente no fim", pensou. O enorme botijão de oxigênio parecia inócuo. A mangueirinha que deveria geminar-se às narinas do paciente levando o ar puro da Patagônia ou do Polo Sul se mexia como rabo de lagartixa no peito do desavisado. Adhemar era a palavra queimada em um pedaço de madeira acima da cabeceira.

— Ah, seu Adhemar... tá fodido hein? – pensou o novo e insensível colega de quarto.

Vicente passeava os olhos pelas paredes: viu as grades na janela, a flor de plástico em cima de uma mesa, talvez comprada em uma dessas feiras de produtos bem baratos e, logo ali, à sua direita, duas portas. Uma devia ser a de um banheiro. Sonolento, aturdido ou grogue, a sua habitual perspicácia profissional e geográfica não foi capaz de retirar do local a informação sobre de qual lado da cidade deveriam estar. Afinal de contas, o moribundo à esquerda já fazia parte do contexto e da metástase gramatical.

A única coisa que ainda persistia em sua cabeça sempre tão etérea ou dissimulante era a imagem dos filhos e de Cândida forçando uma situação que, no fundo, sabiam vergonhosa e cristalina, como os verdes olhos chorosos e lacrimejantes do paciente. E perguntou aos botões de um pijama desconhecido, branco e azul, cores iguais às da seleção argentina de futebol: "Como eles foram capazes de ir tão longe? Por quê? O que eu fiz para merecer estar aqui?"

Azul-calcinha era também a cor do vaso de louça instalado no minúsculo banheiro do 3D. Como sentir alívio ao urinar, se era obrigado a usar aquele vaso ridículo, num cubículo daqueles, onde acabaria por encostar-se, obrigatoriamente, naquelas paredes amareladas, pálidas? Ah, se as paredes falassem...

Depois de aliviar-se, começou a fazer uma série de perguntas a si mesmo: conseguir a sua interdição judicial não iria ser problema para essa gente? Ele, Vicente, não teria que comparecer ao tribunal com olhar de paisagem para que o meritíssimo assinasse a sentença, tirando-lhe a caminhada diária às lotéricas, a missa aos domingos, a internet e as redes sociais; as idas ao shopping, à livraria, à banca de jornais; o café de sábado na Harley Davidson? E o pior, deixar de acompanhar e viver as efervescentes notícias da Lava Jato, com as prisões de empresários, de políticos, no maior escândalo de corrupção já visto no mundo?

Aliás, em uma segunda hipótese, pensou, não caberia a um oficial de justiça ir até a clínica para informar ao juiz sobre seu estado mental, supostamente afetado por grave demência? E o nome que se dá a esse procedimento judiciário não é curatela?

Vicente respirou fundo tentando encontrar, no oxigênio impuro da região de forte mineração, a disposição buscada pela grande maioria vivente do planeta: um pouco de resistência e também, como convém aos fragilizados, a tal da resignação. Como se quisesse poupar a si mesmo, pensou no companheiro de quarto, o Sr. Adhemar, que mesmo tendo à sua disposição um cilindro de oxigênio puro, não podia contar com o zelo e a vigilância dos cuidadores para que os seus últimos sopros de vida pudessem, enfim, prolongar a respiração, por mais dolorosa que fosse. Mas, como já estava esgotado, suava frio e sentia-se frágil como um galgo italiano, sem ter ainda o que e como fazer para se contrapor à violência que praticaram contra ele, o melhor era esquecer. Esquecer e dormir.

Quem sabe contaria com maquinações cerebrais "melatonímicas", tão preciosas no sono, para acabar de vez com aquele torpor e o gosto de camelo por entre os dentes. O que imediatamente o fez pensar no hálito de Cândida e, por isso, sorriu um sorriso sarcástico e também um resignado sorriso de alívio.

***

Helena e Vitória – as filhas do coração de Vicente – não souberam da internação do "paidrasto", como costumavam chamá-lo. Como se mantinham distantes, o silêncio do velho sempre haveria de alcançá-las de qualquer maneira. Se os mais próximos pensavam que elas nunca saberiam do ocorrido, estavam completamente enganados. O silêncio grita pelos humildes e pelos humilhados. Grita um grito acompanhado de vergonha ou, na omissão, sugere à história o desalento da descrença. O tempo às vezes se omite, é verdade, mas ao tempo dá-se o tempo necessário para que o silêncio também faça "mexer os seus pauzinhos". Há ainda o apelo daqueles que conhecem o tempo como coisa inexistente. Daí é deixar-se levar pelo destino, que o tempo sequer tem um mínimo de percepção. Afinal, tudo vaga no espaço e o que pensamos gravitados, estáticos, em uma ordem cíclica das coisas, é apenas fragmento do tempo que não sopra, não vence, apenas se perde.

Depois de alguns telefonemas, de passarem duas vezes em frente à casa do homem que as fez conhecer as fraturas humanas de um pai amoroso e digno, foi por meio de mensagens particulares do Seu Geraldo pelo Facebook, que Vitória e Helena poderiam descobrir o paradeiro do pai. O vigilante, como se preza um bom porteiro, relatou a confusão com o show dos envolvidos e o chamado de uma ambulância. Na ocasião, Seu Geraldo perguntou a um dos enfermeiros para onde o "patrão" estava sendo levado, caso os cobradores perguntassem.

— Para uma clínica de repouso, senhor –, disse-lhe o homem de branco. E com uma ponta de ironia, soltou o nome do estabelecimento entre os dentes: "Razão e Sensibilidade".

Mas, como era de se esperar – mundo corrido, preenchido pelas desculpas – as filhas do coração preferiram não visitá-lo, não incomodar a família registrada em cartório, nem perguntar, como é do costume formal das pessoas, se ele – o homem que diziam amar como a um pai de verdade – precisava de alguma coisa. Para o narrador desta história, o que há de pior no mundo é a individualidade e a ingratidão por trás das ausências. Mas isso não discutiremos aqui, agora.

Diante dos hiatos a vida é capaz de ditar sem receio de que a recriminem por isso, sem ter ela, a vida, que dar satisfação a ninguém, a não ser ao próprio e inexorável tempo, Vicente soube à distância, como por um sopro de espiritualidade divina, que o conforto talvez lhe viesse de uma outra maneira de encarar Cândida, a barata do 22 e a vida que teimosamente seguia deixando pegadas.

Jamais entenderia o tempo, embora estivesse fora de questão qualquer menção a Deus, o Senhor de todas as coisas, ou algo que pudesse comprometer o Todo-Poderoso. "Já o crucificamos e culpá-lo de novo seria mais uma heresia", pensava. Entre pó e cinzas era preciso, agora, mais do que nunca, reservar-se o direito e também o dever de tentar conviver com a verdade absoluta, única, investindo-se da mais pura humildade – como se o fim dos tempos fosse uma questão de horas.

Que coisa! Mesmo diante de tantas ambiguidades: o tempo *versus* o tempo, aos 60 anos tudo fica mais urgente. E como a urgência é filha ilegítima do tempo, só cabia à compreensão de Vicente que o Senhor da História é, sim, Deus. Do tempo? Seria o mesmo que o vácuo no vago e infinito universo? Depois de um hiato em sua memória de eternos dois segundos, se perguntou: "Sobrariam as ondas? Ah! Melhor deixar para lá."

Como são as coisas e as histórias de vida... Além do sofrimento de sua própria existência, Vicente começava a ver que a sinceridade, sublime como tem que ser, poderia ser insuficiente para a sua própria libertação; que talvez nesse renascimento esteja a reinserção de um jornalista no louco e escandalizante mundo frugal das ruas: a liberdade, apto a romper com o passado. O que para ele, ironicamente, era, de certa forma, fácil e também forma de proteção.

Proteção foi a palavra que uma psicóloga adepta do psicodrama usou para dissuadi-lo das inculcações 30 anos atrás. Disse-lhe a Dra. Isabela Canto Mourão, que os seus esquecimentos eram uma espécie de proteção. Que o organismo, acuado, se propunha a "fabricar" essa coisa herdeira do medo: proteção. Que ele, o organismo, teria assim, a chance de viver o mais limpo possível. Sem sobrecargas. Ou apenas com a carga e a aflição dos esquecimentos.

3

VI

Vicente acordou em uma manhã fria de julho de 2017. Era uma sexta-feira e não se lembrava da última vez que havia tomado um belo banho, nem do frio que sentia naquele lugar mais úmido do que estava acostumado a viver. Segundo a meteorologia, frio assim só no ano de 1975, há quarenta e dois anos. Os banhos diários no pequeno banheiro do seu 3D, ele não contava. Falava de um banho bem gostoso, demorado, quando pudesse escolher xampu e esponja, como as que ele havia deixado em seu banheiro da rua Engenheiro Amaro Lanari.

Depois de calçar o único tênis que haviam colocado em sua mala de despacho, que não era nem de longe o mais confortável, o agora resignado senhor resolveu embutir-lhe palmilhas por conta de um esporão no pé direito e sair manquitolando pelas cercanias do abrigo para, quem sabe, delatar na súmula do estabelecimento, o que confessava ser prejudicial aos idosos e a pessoas de meia-idade como ele.

Contou 57 pacientes, 12 cuidadores (homens e mulheres), um cozinheiro, um assistente de cozinha, dois supervisores e um garoto geriatra que infestavam aquele recinto cercado de mata virgem, macaquinhos insolentes, sabiás e canários da terra. Um senão naquele ambiente pseudo-bucólico era o ruído de tratores e caminhões de alguma mineradora, ali perto. Pensou nas partículas e no pó do minério extraído na região e respirou fundo como se quisesse testar os brônquios até o seu total entupimento. O outro senão era a ausência ensurdecedora do Dr. Orácio Nicácio.

Vicente via número em todas as coisas. Se ele, Vicente, estivesse em outra clínica na cidade de Belo Horizonte, bem mais perto de tudo, tentaria sair para, pelo menos, apostar nos números de pacientes, cuidadores, caminhões e canários que percebia, no maior prêmio de loteria da Caixa. Era dinheiro suficiente para resolver todos os seus problemas. Então, subornaria uns dois ou três funcionários da Razão e Sensibilidade, ganharia a liberdade e sumiria rico e turbinado pelo mundo, a esbravejar um foda-se bem grande, evocando, assim, o célebre Millôr Fernandes.

Talvez o jornalista ainda não estivesse maduro em sua resignação, como pensava. Mas o sonho de sair e ficar milionário em uma tacada só, não pode ser colocado neste livro como pecado ou coisa que o impeça de voltar para a humilde realidade dos fatos. De certa forma, ele matava o tempo antes que o tempo matasse um de seus velhos companheiros de privação e destino, tentando alertar os cuidadores a oferecer-lhes um convívio com atividades um pouco além do dominó, do baralho, da bocha, das revistas velhas e de um piano desafinado.

— Já pensou viver até a idade de seu Adhemar naquele Auschwitz, primo-irmão do Alzheimer? – Constrangido, Vicente sorriu da sua estúpida associação. "De que adianta suco de banana com aveia em taça de vinho?" As tiradas de nosso principal personagem eram mordazes, estúpidas e, as vezes, geniais?

Seria esse um sinal de que ele realmente estaria acometido da doença que, com indiferença, certa altivez, soberania ou soberba, dá ao mundo o desprezo merecido? Preocupado, pensou: "Era preciso vigiar agora os tropeços do cérebro e não mais só os seus espasmos". E cantarolou um sucesso de Lulu Santos: "A vida segue em ondas como o mar... Num indo e vindo infinito...".

* * *

Aquele ambiente a excluí-lo do mundo, certamente era o motivo de tais pensamentos. Há que se dar de comer ao cão de boa índole; ao de má conduta, apenas os cacos da ironia, pensou repetidas vezes. Pelo menos até ceder espaço às suas renovadas contestações. Mas, convenhamos, há quanto tempo ele não se sentava à mesa com quem quer que seja – uma mulher, uma deusa – para tomar uma boa taça de vinho tinto português? Decepcionado com a esperança, a última, infelizmente, a morrer, lembrou-se de alguns queijos, de um bom bacalhau, de um grande pedaço de bife de *chorizo* e engoliu em seco, o suco que havia enterrado na taça de cristal, como na outra associação infame...

— Seu Vicente! Seu Vicente! – dirigiu-lhe a palavra uma senhora de uns 75 anos.

— Sim... – respondeu Vicente, aliviado por alguém, enfim, ter lhe tirado tal infâmia.

— Ah, desculpe-me incomodá-lo, o meu nome é Vilma. Já estou nesse abrigo há uns quatro ou cinco meses, eu creio. O senhor está gostando daqui?

— Ainda não, senhora –, respondeu-lhe secamente Vicente –, mas vou precisar de suas interrupções para que eu possa plantar em mim alguma resignação –, acrescentou mordaz.

— Desculpe-me, Vicente de Paula. Você me parece bem mais jovem para que eu o chame de senhor. Eu não queria ter atrapalhado a sua admirável construção de pensamentos, como você sempre demonstra em seu prestigioso trabalho... suas crônicas, seus artigos...

Surpreso ficou Vicente, por ter encontrado entre os 57 anciãos, naquela imensidão de nadas, alguém com certa compreensão de sua engrenagem na artesanal indústria da comunicação. E a partir dessa constatação, resolveu dar ciência do que tinha a dizer, à bela senhora de profundos e tristes olhos azuis.

— Não, não, a senhora me fez foi um favor, desses enormes, ao interromper pensamentos que ainda insistem em fazer parte de mim. – E, pela primeira vez nos últimos dois meses, Vicente sorriu um sorriso que continha alguma satisfação. E Dona Vilma prosseguiu:

— O jornalista também acha que este recinto é uma espécie de clausura? Não temos aqui sequer grupos de amizade no WhatsApp ou computador para e-mails! Claro, os mais velhos, os acamados e os dementes ficariam de fora, mas... e nós?

— Dona Vilma, não sei se eu me prestaria a participar de tais grupos. Tudo está muito embaralhado em minha cabeça. Nada aqui me parece de verdade, nem a senhora... embora eu tenha tentado me descolar da vida que tive para seguir em frente em uma história que serei forçado a escrever. E, neste caso, um computador ajudaria muito, concordo. Mas, sabe de uma coisa, Dona Vilma? Eu iria preferir o Tinder ou o Par Perfeito. E que construíssem uma quadra de tênis para jogarmos algumas duplas. Sabia que eu conheço pessoalmente os campeões Marcelo Melo e Bruno Soares?

Vicente olhou para o alto, como se quisesse enxergar além das montanhas, e mais uma vez lamentou estar ali.

— Há anos jogo nas quadras do Minas às terças e quintas. Jogava, pelo menos... será que os amigos do tênis sabem que eu estou preso?

— Vicente, eu adoraria aprender a jogar com você... mas duvido que a casa abrace esse seu lindo projeto. Penso que ninguém conhece as regras do jogo e que as raquetes seriam consideradas porretes nas mãos de alguns surtados que temos por aqui.

Soou a sirene na administração no exato momento dos badalos dos sinos da igreja do pequeno Curral de Macacos.

— Hora da televisão, das novelas, de sair do sereno –, ditou, ironicamente, Vicente, para quem quisesse ouvir.

A mão direita de Vicente deu um leve toque na boina xadrez que usava, como o chapéu preferido do poeta Pablo Neruda, que o jornalista fazia questão de enfatizar, para indicar um até logo a Vilma, antes de se dirigir para a ala dos homens, num procedimento idêntico aos de um colégio interno, lembrou ele. E como ainda pensava exercer um mínimo de sua profissão, deteve-se para percorrer os olhos pelo ambiente, atento aos decibéis de cada um dos idosos e, mais atento ainda, ao que podia extrair dali para a reportagem que, de certa forma, poderia ser de alguma utilidade. Quem sabe escrita em computador, como pleiteara a senhora Dona Vilma...

Enquanto os seus olhos percorriam a casa, os passeios cascalhados, a natureza ao redor da clínica com um caprichoso ipê amarelo a saltar dentre a densa mata, os ouvidos de Vicente também perceberam a presença de um pequeno riacho que certamente enfrentava, feliz, os obstáculos naturais de um curso construído pelas primeiras águas de si mesmo. Independentemente do tamanho do curso de águas, imaginou recorrer a ele, em caso de fuga, para despistar as suas pegadas enquanto aproveitaria o rumo do rumo do rio para a liberdade. "Liberdade ainda que tardia, diria o insolente e bravo mineiro Joaquim José da Silva Xavier, o Tiradentes". – Putz! Mais uma tirada infame! Desta vez nada genial.

VII

No dia seguinte, o sol achava-se solto no firmamento, iluminando tudo, embora a temperatura e a baixa humidade do ar tirassem um pouco da tranquilidade das cuidadoras, por serem prejudiciais à maioria dos internos. Mas quase todos estiravam-se em cadeiras e bancos de cimento para o bem-vindo sol da manhã fria. Como o quintal da casa era em terreno de mais ou menos seiscentos metros quadrados, 20 por 30, Vicente e Vilma voltaram naturalmente a se encontrar. Ele, disposto a extrair da nova amiga, elementos e razões para o que pretendia escrever e ela, entregue à querência absoluta de revelar a um senhor que lhe parecia sensível e inteligente, a história que há muitos anos desenhava dentro de si mesma. História que acabou ensejando a sua internação como idosa surtada e de delírios vagos e constantes. Como se verdadeira fosse.

A história de Helena ou *A sombra de Helene* seriam títulos do livro que Vilma quase terminou de escrever em um pequeno computador da casa onde morava, à rua Marquês de Maricá. O rabugento do Donizetti mergulhou o laptop na pia da cozinha depois que a mãe decidiu ficar horas e horas escrevendo toda aquela baboseira, em vez de providenciar almoço, jantar, cuecas limpas, roupa passada e os demais afazeres da casa onde moravam.

— Mamãe ficou louca depois de ver a Vitória de Samotrácia em uma de suas estúpidas viagens a Paris, especialmente ao Museu do Louvre. Imagine uma pessoa que consegue ver um ser igual, sem cabeça, flutuando por entre os pacientes da Santa Casa de Misericórdia, como se fosse uma entidade divina, helênica, misteriosa! Pois é, diante disso, e pelo meu pragmatismo, o melhor mesmo foi substituí-la por uma diarista. Dona Vilma dá sinais claros de demência! –, dizia com todas as letras, o filho da coitada.

Em muitas ocasiões, Vicente de Paula caminhara pelo Parque Municipal para sentar-se em frente à réplica da Vitória de Samotrácia, a obra que estaria entrincheirada no Louvre depois de ser afetuosamente saqueada de uma ilha grega pelos franceses, em seus arroubos românticos, porém militares: *Liberté, Égalité et Fraternité*. À época, os governos que dominavam a arte da guerra com suas potentes embarcações pilhavam outras embarcações e praticavam as mais bárbaras piratarias da nossa história recente. Naquele espaço dedicado a um dos maiores e mais belos monumentos do império grego, ele, o mineiro Vicente, ficava imaginando como seria a verdadeira e grande escultura. Dizem que a deusa, um dia, vai mesmo voar e que a obra foi esculpida em seda e mármore, sugeriu poeticamente.

A história de Vilma era mágica. Havia nela uma imaginação desmedida como em muitas obras de ficção e romances da literatura. Mas a autora a sentia verdadeira. Donde se conclui que só mesmo uma demência privilegiada pode se deixar levar pela amplitude de seres tão infinitos.

A grande estátua, na mais cheia das luas, costumava voar sobre as maiores obras do museu francês, como se quisesse vigiá-las e conservá-las, todas, para si. A encantadora senhora Virgem de Samotrácia, se é que podemos santificá-la à nossa vil concepção de fé em uma possível entidade divinatória, também fora apreendida e levada para o interior de um grande museu e nele também se sentiria prisioneira, assim como Vilma e Vicente, na "Razão e Sensibilidade"? Talvez. Estaria Vitória mais feliz se fosse exposta no Jardin des Tuileries, entre o Louvre e a Place de La Concorde? Porém, fora avisada de que poderia sofrer danos irreparáveis e ser apenas uma estátua em um espaço aberto sujeito a intempéries mais romano que grego. Que a própria só teria o prestígio que tem em uma das esquinas mais emblemáticas do maior e mais prestigiado museu do planeta. Bela e vaidosa, Vitória de Samotrácia, como uma deusa mortal, cedeu ao conforto do que lhe fora reservado pelos piratas.

A esvoaçante escultura nunca, em tempo algum, esperou penetrar na alma humana em um futuro absolutamente inesperado. Talvez Aeon lhe tenha ofertado a lápide da eternidade e, como Chronus, a Victoire de Samothrace estivesse envolta nas sedas do infinito. Infâmia. Para os deuses, o inesperado é sempre um triângulo esperado. Ainda mais que a fé transcende o desejo próprio da entidade que despreza o supremo tribunal da recriação. – Confesso que as divagações acima são privativas deste narrador.

Uma criança, uma espécie de clone da deusa grega, em carne e osso, fez-se nascer nas entranhas de um país chamado Brasil. E ela, a criança, à revelia da ciência, também faria rondas diárias, porém, seriam rondas em um hospital-maternidade, a Santa Casa de Misericórdia, de Belo Horizonte, para compor-se em traje e mistério um sopro divino de sua pré-existência. Sopro este que viria a desarmar a ação de médicos e de profissionais de saúde. Assim também agiriam museólogos e restauradores diante das obras de arte no Louvre. Além das reconstituições, médicos e museólogos se confundem na prática que costumam aplicar no dia a dia de seus pântanos, como desligar aparelhos, umidificadores, inclusive, prescrever substâncias inapropriadas, não dar ouvidos à inteligência da intuição, tão fecunda em decisões que revelam a radiografia da vida, não rever procedimentos mínimos de higiene e limpeza, piratear medicamentos, fórmulas e informações, entre outros desmandos de profissão tão iguais.

A bebê fora abandonada no hospital, pois que a mãe não suportou ver a criança que descrevo aqui: corpo longilíneo, pele suave e roseada e a cabeça e a face presas entre as vértebras cervical e torácica.

Era de fato espantoso olhar para a menina e mirar um rosto enterrado na C4. Como espantoso foi a revelação de que a mãe, grávida de dois meses, ao visitar o Museu do Louvre e ficar deveras impressionada com a Vitória de Samotrácia, tenha desejado que a grande entidade à frente de seus olhos pudesse, de alguma forma, projetar-se em suas entranhas. Desejo que se cumpriu, só Deus sabe como, diante da força de uma deusa que teve a cabeça decepada pelo artista que a "incompletou". E o mais escabroso e paradoxal de tudo isso, foi o nome que a mãe deu à criança deformada: Helena. Não podemos afirmar aqui, se a escolha do nome consagrado às filhas de uma das mais importantes civilizações da terra, foi fruto de caso pensado ou de nome de personagem recorrente em novela de televisão, desde os idos de 1960.

Helena conta com um padrinho na maternidade, que acompanha desde sempre a menina que agora contaria 52 anos de idade. E coube a esse médico mantê-la viva da única forma possível que a própria paciente acabou por lhe revelar. E ele saberia o limite e o ritual de restauração.

Depois de Helena ficar quase toda a infância em uma semi-UTI, com problemas respiratórios, muitos deles provocados pela sua deformidade, o Dr. Seabra a fez permanecer nesse mundo monitorando a menina todo o tempo, inclusive vestindo os inúmeros cilindros de oxigênio com máscaras infantis coloridas, cheias de encantamento.

Para alguns médicos, Helena parecia, também, a filha de uma arte tribal africana, daquelas com que Pablo Picasso encantou o mundo. Alguém lembrou que na África, com seus mais de mil dialetos, não existe a palavra arte como um subproduto da estética. Pois o artista espanhol tratou de retratar corpos e cabeças retorcidos, em um aforismo ou sentença de vida aos pedaços – como a própria fome do continente, e no conceito de cultura que despreza a beleza da arte como pensamos existir no restante do mundo. Coisa que Tarsila do Amaral tão bem sentenciou em suas telas. Vale lembrar que sua pintura mais eloquente é o disforme *Abaporu*.

Helena estaria agora sem vitalidade em uma UTI montada exclusivamente para ela, perto do Centro de Tratamento Intensivo da Santa Casa, à espera do Dr. Seabra. Só o médico, que sofrera com Helena as dores, os descasos, o preconceito e todos os medos decorrentes da própria deformação, poderia ajudar a devolver-lhe a vida e a voz, que muito se aproximaria a ruídos de um extraterrestre. Para onde, como e quando ele desaparecia com a menina para recarregar-lhe os sentidos, ninguém sabia, nem ao menos imaginava. Só ele.

Era preciso levá-la à esquina principal do museu em Paris para que ela pudesse, de uma forma que nem o Dr. Seabra saberia explicar, absorver alguns raios de luz em uma determinada lua cheia. Tudo por conta da sombra que se abate sobre ela nas vezes em que médicos, pacientes, visitantes e outros a denunciam pela sua deformidade.

Mas o médico, agora bem idoso, estaria com o Mal de Alzheimer e os dias de Helena pareciam contados. A não ser que uma solução sem a presença de seu tutor e amigo – sabe Deus – viesse, talvez, de alguma bolha cósmica. E, segundo Vilma, a morte de uma pode destruir a mística da outra. O perigo ronda quem, por muitos anos, faz a principal vigília sobre os acervos do Museu do Louvre.

VIII

Pela primeira vez, as garras de um gato transpuseram as cordas vocais de Vicente, como quem minutos atrás tivesse sido atacado por um Rottweiler. A sensação de ter sido humilhado estampava-se na revolta pelo depoimento que, de certa forma, violava também os seus ouvidos. Não era só ele que havia sido abandonado, forçado a se entregar, violentado em seus direitos. A história do Dr. Pinheiro era igualmente sórdida e, talvez, pior que a dele.

Pinheiro era engenheiro e havia passado anos da sua vida dedicando-se aos cálculos da construção civil pesada, em um sobe e desce em obras colossais, a discutir com peões e ONGs (o que, segundo ele, é a mesma coisa), afastado da família e sem poder oferecer aos seus, um pouco da rotina, da vida comum, aquelas coisinhas que a gente costuma considerar o melhor dos mundos: chegar para o trabalho às oito da manhã, almoçar ao meio-dia, bater ponto de alívio às dezoito horas, enfrentar o perrengue do trânsito, comer à mesa ou no sofá depois de um banho, assistir ao noticiário até chegar às incontáveis novelas. O que o Pinheiro nos contou é que ele dera um duro danado, sendo forçado a manter a família longe dos acampamentos das empreiteiras com a desculpa de não ser eventualmente atacada por índios, não ser violentada por algum desavisado operário ou garimpeiro, não sofrer com os mosquitos, a malária; enfim, tudo para oferecer aos filhos os melhores colégios, a vida social dos videogames, das festas cada vez mais escalafobéticas dos coleguinhas de escola, ou seja, uma vidinha de merda, segundo ele. Mas merda por merda, Pinheiro não tinha saída. Era o seu trabalho o que pensava saber fazer da vida. E a família, já acostumada ao social que a boa renda do engenheiro proporcionava, não haveria de concordar se ele um dia resolvesse largar tudo por um emprego de pouca expressão e menor vencimento, para viverem todos a lógica de uma realidade que não mais era possível ser vivida no seio de cada um deles. A distância entre todos os membros da família acabou por produzir um estereótipo de comunhão. Comunhão telepática, sei lá. Era melhor longe, o impessoal e o individualizado que o aborrecer de encontros diários, briga por espaços e, claro, saldo bancário insuficiente, morar em apartamento de três quartos, viver mais a periferia, ter a obrigação de fazer sexo, essas coisas.

Sabiam todos que o boom do emprego como engenheiro era das piores coisas em tempos de crise política e financeira do Brasil menos varonil. As obras estavam paralisadas, PECs e PACs (programas e projetos do governo para alavancar a economia) não se entendiam, faltando dinheiro para quase tudo. Menos para a corrupção. Corrupção que havia se instalado de tal sorte entre empresários, empreiteiros, deputados, inúmeros deputados, senadores, ex-presidentes e até o Presidente da República, segundo a imprensa noticiava todos os dias, implacavelmente. Corrupção que, sem ser necessário derivar muito, abarcava um povo que parecia viver a riqueza mostrada em folhetins, como se a própria fosse uma herança embrulhada em papel de pão ou peixe a confundir a vida medíocre com a farsa montada cenário a cenário. A cara do cidadão que se locupleta, que avança o sinal e todos os outros sinais, que sequer respeita o espaço do outro. Isso, sem falar detalhadamente dos políticos (prefeitos, vereadores, governadores e outros), porcos de paletó e gravata. Que os porcos me perdoem...

Portanto, por mais que quisesse mudar a rotina, Pinheiro estava refém da opção que fizera ainda muito jovem. E, como a maioria dos brasileiros, dizia temer e empobrer cada dia mais ao saber que o desemprego batia à porta do vizinho.

Pinheiro que, como sabemos, vivera em acampamentos operários, longe de tudo, também ficara distante dos exames de rotina e hoje sofre as consequências de uma diabetes extremamente severa. Não que a empresa em que dedicou quase toda a sua vida tenha falhado ao exigir exames anuais de laboratório, ultrassonografia e outros; mas em suas idas à capital e à família, Pinheiro nunca achava tempo para, de fato, fazer os tais acompanhamentos médicos.

Se fez, foi um ou dois ao longo de 35 anos de trabalho e a empresa, na verdade falhou, ao não lhe cobrar os resultados de praxe. Consequência: duas pernas amputadas, a visão do olho esquerdo comprometida em quase oitenta por cento e a vida da família de cabeça para baixo.

E foi na hora do "vamu vê", de socorrer Zé Pinheiro, que tudo ficou mais claro. Ninguém se dispôs a assumir ser babá de quem nunca se lixou para a família, segundo os mais íntimos; sujeito que não teve sequer a capacidade de se tratar para não deixar esse legado inoportuno.

Então, o espaço do Sr. Pinheiro só podia ser o mesmo de Vicente: uma casa de acolhimento. Aliás, esperavam os seus entes queridos que o abrigo ou casa de repouso lhe desse os remédios na hora certa, refeições balanceadas, vigiasse o açúcar, aguentasse o gordo no que o gordo tem de mais negativo: o peso.

O engenheiro era uma figura de humores amargos. Aos 72 anos, enxergando só de um olho, sem poder andar, entre outras limitações, ele conseguia fazer piada da própria situação. Certo dia, confessou que não se dispusera a participar da festa junina dos idosos porque sempre se apresentou inteiro em todos os seus compromissos e que declinara o convite para dançar a quadrilha do São João, porque na atual circunstância ele só estaria na festa pela metade. E ria, achando-se engraçado, o que para alguns soava como a amargura em pessoa.

Outras tiradas que lhe acrescentavam um sorriso maroto e que, de certa forma preenchiam os hiatos do pensamento dos que o ouviam, com chutes à reflexão dos poucos lúcidos da clínica, era quando dizia às cuidadoras: "Vou correr atrás de vocês até que as pernas desistam de mim". Ou a infame: "Um brinde à riqueza – a saúde não compra prótese". "Sujeito sem graça", diziam Vilma, Matilde e Glória. "Ele representa a amargura doce de um homem que não perde a piada", replicavam Chico, Fátima e Zé Dirceu. Já Vicente, dava-lhe corda. E até se pareciam.

— Quer falar, fale. Quer contar piadas infames e sugerir humor ao drama, que o faça! – Vicente, que acabara de perceber que o ambiente da Razão e Sensibilidade era o mais próximo das ruas, mais dos becos do que de avenidas e talvez da liberdade que tivera até bem pouco tempo, tentava, a qualquer preço, sem se prender à ética que deveria permear a construção de sua narrativa, absorver todos os elementos que pudessem satisfazer a história que contaria, quem sabe com direito a veiculação. E, para verbalizar a sua tirana ironia, acabou por apelidar o Dr. Pinheiro de "xiita, o homem bomba!"

— Cruz credo! Em nome do Pai, do Filho e do Espírito Santo –, repetia a menina Soraia, a cuidadora de olhos pulados para fora, que não suportava ouvir o tratamento.

Mas por que incluir em minhas anotações o Dr. Pinheiro? São dois os motivos. Primeiro, um espírito sagaz e inteligente em meio aos moribundos da casa já é, por si só, um laço a unir o pragmático engenheiro ao lúdico jornalista, podendo haver aqui uma alternância dos adjetivos, de pessoa para pessoa. Segundo, era o Dr. Pinheiro Sanches um dos principais doadores da maternidade da Santa Casa de Misericórdia. E ele conhecia a história da menina Helena.

Então, era tudo verdade... e Vicente pensava ser ficção a história contada por Dona Vilma. Segundo Pinheiro, em uma de suas poucas vindas à capital das Minas Gerais, ele presenciou o que de certa forma seria corriqueiro na Santa Casa: Helena serpenteava pela maternidade em um carrinho de bebê, sempre empurrada por uma voluntária, em horários rigorosamente estabelecidos pela direção da casa. Isso ele viu com os olhos que a terra ainda não comeu, em uma de suas visitas como doador e benemérito da maternidade. O que mais o intrigava era que a menina era vista também em sonhos pelos pacientes lúcidos, os sedados e pelos que se mantinham acesos e tinham seus cérebros comprometidos. Não havia explicação para os fenômenos advindos de tal "presença". Quando ela aparecia no espelho da fé dos internos, como diria o Adriano, membro voluntário do kardecismo, os resultados médicos se alteravam sem nenhuma explicação científica. A explicação mediúnica, sem dúvida, era descartada. Uns respeitavam e a chamavam de "entidade", como no caso do espírita; outros, mantinham-se distantes, céticos ou com um certo receio dos eventuais milagres. Uma grande maioria considerava que Helena deveria ser ignorada.

Para que servem os delírios e essa fé inoportuna em um estabelecimento da ciência? Mas os casos de cura eram desviados para relatórios e iam parar em *cases* forjados, e esses deveriam sugerir à comunidade científica brasileira, os avanços médicos do complexo hospitalar de Minas Gerais. A ousadia foi tanta que chegaram a fornecer elementos quânticos aos relatórios, como se já dominassem a teoria.

E agora, quase na velhice, Pinheiro era hóspede de um local que não fora lembrado por ele para o repartimento das suas doações. Disse-nos ele à roda dos escarnecedores, como no Salmo 1 da Bíblia Sagrada, já repleta de anciãos e alguns bocós que ali se ajuntaram para ouvir por ouvir, talvez cansados de quase todos os assuntos: "Hoje, as coisas poderiam concorrer para uma vida de idoso mais produtivo, coisa com que não me preocupei. Quem sabe se tivesse destinado os recursos extras também aos centros de acolhimento, à época "das vacas gordas", as condições hoje poderiam ser bem melhores para os idosos da clínica."

IX

Chovia uma garoa insistente no segundo mês da primavera, com temperatura de verão. A umidade do ar acendia o calor por todos os poros e a chuva não espantava a forte sensação térmica. O que fazer entre aquelas paredes de casa velha, de cômodos minúsculos, teto baixo e pouca luminosidade? Faltavam cartas ao surrado e oleoso baralho, um bispo do jogo de xadrez havia sumido, talvez levado para o esconderijo de algum beato desinformado, quem sabe confundindo-o com um santo milagreiro (aqui tudo pode e acontece). O piano continuava desafinado e ninguém se atrevia a tocar pelo menos Le Lac de Come, de Galos. No fundo daquele cativeiro mórbido, que via chegar um idoso por semana, sempre no lugar de outro que acabava de morrer ou de alguns "convidados" a sair por inadimplência, ouvia-se a voz difusa de um desses apresentadores de TV, tão distantes dos problemas reais de todo e qualquer lugar do planeta.

— Coitados! Como são obrigados a entrar na casa das pessoas e falar sem parar para um público que não mais se deixa levar pelos colóquios de esperança, são uns ambulantes da autoajuda –, refletiu Vicente para, em seguida, afirmar num contorcionismo corporativista: "Eles não têm culpa..."

A TV, o interior da clínica, a chuva cinzenta e triste como a lágrima de um santo, em nada ajudavam a compor um cenário mais otimista sobre o ambiente. A não ser a música que se ouvia baixinho do rádio da copa. Renato Russo, também poeta e jornalista, dava o tom da reação do colega Vicente às agruras que tanto o sufocavam: "Mas é claro que o sol vai voltar amanhã. Mais uma vez, eu sei. Escuridão já vi pior, de endoidecer gente sã. Espera que o sol já vem."

Escrever, editar os depoimentos e buscar, lá fora, espaço no jornalismo impresso. No mínimo, o trabalho resultaria numa reportagem de TV. Afinal, cabe ao jornalista, homem de muitos estudos e relevantes serviços prestados à comunidade, sujeito das letras e dos verbos, reagir! E reagir da forma que lhe parecia a mais promissora: intelectualizando e musicando versos, reescrevendo o futuro. E a reportagem poria um fim àquilo tudo de uma vez por todas.

Mas Vicente sabia que, independentemente da importância de encontrar alguém que quisesse publicar o seu apanhado, a reportagem encontrava-se incompleta, faltando-lhe elementos que pudessem fazer alguma diferença nas regras do jogo. Com certeza não bastaria a manchete: "Em campo, 57 pacientes órfãos de um bispo de xadrez, do valete de um baralho e de um piano desafinado!" E, com certeza, havia gente como ele, vítima da falta de vergonha, da falta de valores dos familiares. Gente que não o deixaria mentir, divagar. Era real, fato, verdade absoluta. Como a conspiração desavergonhada, improcedente, frágil, de todos os seus familiares. Até o silêncio das filhas do coração contribuía para o fato em si. E certamente não era só ele quem sofria todos aqueles tormentos. Haveria ali, pelo menos mais uns dez atropelados pela emperrada máquina humana.

Doloroso mesmo seria abrir o jogo com as cuidadoras, os voluntários e até com os colegas do cárcere. Seriam todos confiáveis? Alguns sequer levavam em conta a narrativa de Vicente e sua repetida cantilena. Coisas acontecidas com ele só aconteceriam com os muito ricos, com pessoas que brigam e se matam por dinheiro e desejam ardentemente uma intervenção que inviabilize a administração segura de muitos bens, mas esse não seria o caso. No estrito senso comum dos ouvintes, Vicente apenas lamuriava. Uns diziam que ele até delirava. Ah, e como isso doía em seu peito.

O peito repleto de angústia, o estômago pesado e protuberante, os refluxos e a vida cerceada pelos nãos que, principalmente os filhos, estariam credenciados a dizer. E lembrou-se das estocadas quase diárias:

— Quem já viu um sujeito dessa idade andando de motocicleta?

— Não à direção automotiva!

— Não para tênis com calça social.

— Não para as viagens

— Não.

— Não e não!

E agora, a descrença de velhotes desmiolados. Vicente lembrou que lá fora havia senhoras e senhores fingindo ter uma idade que não tinham, num retardamento mental delirante, mas dentro daquele ambiente, o retardamento mental era mesmo um ponto doloroso na curva da vida.

— Depois de certa idade, os mais próximos costumam considerar que ficamos gagás, que não somos capazes de discernir as coisas com a rapidez que eles exigem dos seus próprios filhos. E então devemos ficar em casa para não nos acidentarmos em elevadores, escadas rolantes, buracos nas calçadas... e há a delinquência das ruas, a passividade diante da velocidade que o mundo deles nos impõe. E o resfriado, a pressão alta ou a baixa... e somos todos julgados como se fôssemos débeis mentais.

Vicente sabia que do lado de lá era pior, o que de certa forma serviu como um embaraçado alívio. Se bem que melhor, o ideal para o vivente é ficar brigando por um espaço, por qualquer coisa e não perder os direitos e os benefícios da vida nas ruas da querida Belo Horizonte. Por que o mandaram para um espaço que mais parece um mosteiro de esperanças apagadas e que teimam chamar de "Casa da Melhor Idade"? Pior: "Razão e Sensibilidade..."

— Sr. Vicente, visita para o senhor...

Quem estaria na antessala da clínica? Um dos filhos? Todos eles? A cadela da ex-mulher? Seria Helena ou Vitória, ou ambas? Bom se fosse um amigo dos velhos tempos! Não importa, disse para si mesmo, se for um operador de Call Center tentando vender o que não mais se consegue por telefone, tudo bem! Qualquer um, não sendo membro da família, poderia ser uma espécie de mensageiro, uma janela para o mundo... Vicente pulou da cadeira e foi diretamente receber a visita.

X

Era o carteiro. Como nos velhos tempos, alguém havia lhe enviado uma carta. Vicente assinou o recibo de entrega e imediatamente manipulou o envelope para ver "quem" estava no verso. Era Leila de Aquino, uma amiga quase íntima, que a princípio não teria como saber o paradeiro do destinatário. O que estaria na carta? Vicente levou o envelope até o quarto, sob os olhares inquisidores dos outros apenados, para ler o que a gostosinha tinha a dizer. No tempo que levou do portão até o 3D, Vicente foi rascunhando uma resposta para aquele inesperado presente. Percebeu que o coração mudou de compasso, estava mais acelerado, e que as suas mãos suavam e tremiam como se portasse o Mal de Parkinson. Antes de abrir a dobra do conteúdo de papel, Vicente ficou furioso consigo mesmo, por não ter abordado o carteiro para ser o seu espião do mundo e janela ou luz para uma possível conexão com as mutações que ainda permaneciam lá fora. Como pode ter esquecido o que tramara ligeiramente? Ao sentar-se em sua cama, com Adhemar deitado ao seu lado, ainda imóvel como no primeiro dia em que chegara ali, recolheu-se em posição quase fetal e começou a ler a carta de Leila.

Vicente, quem você pensa que é? (Puta merda! Ela não muda! Pensou o destinatário, desarmando-se). *Soube que é feliz ganhador de um dos maiores prêmios da Mega-Sena: R$ 46 milhões de reais... e, inexplicavelmente, resolveu enfurnar-se nesse asilo de velhos para não ser incomodado. Está fugindo de que? De quem? De mim é que não deve ser! Me lembro que você brincava: "Se eu ganhar na loteria acumulada não quero ver ninguém sofrer, pego o avião e vou embora". Mas a brincadeira ficou séria e você parece ter pirado de vez com essa ideia estapafúrdia de se isolar em um asilo. Em um asilo!? E olha que você dizia que me amava, e coisa e tal... que papelão, Vicente!*

Você pensou que eu não ia te achar, seu bocó? A moça da lotérica deu com a língua nos dentes, também fula da vida por não ter sido sequer lembrada com tijolos, cimento e areia para a construção de sua humilde casinha. FDP!

Eu pensei em ir até você, olhar no fundo dos seus olhos, desafiar a sua mulherzinha e os seus filhos, que andam por aí gastando por gastar. Que tipo de homem você é ou se tornou? Como vê, estou maluca da vida, sem chão e mordendo a própria sombra, fula da vida com você. Nunca imaginei que o Vicente que eu respeitava fosse capaz disso.

Quer saber, como sua ganância bem revelou, vou sumir; estarei longe para não ter que aguentar esse seu pau mole encostando no meu traseiro. Seja homem, seu velho filho da puta!

Leila

Vicente fechou a carta, estendeu-se sobre a cama com o olhar fixo no teto de madeira pintada há cem anos com a desbotada cor cinza-claro, sem entender o que estava acontecendo. Eu, rico? Perguntou-se. Ex-rico, replicou. Será o Benedito? De que a Leila está falando? Seria verdade, tudo aquilo? Por que os filhos e sua ex-mulher, que nem de longe se bicavam, se juntariam para passar-lhe a perna, ou as pernas? Que motivo teria essa gente? Em que sentido ele seria um estorvo?

Alguém lhe dissera que os filhos, de alguma forma, têm uma utilidade em si. Que utilidade seria essa? Mordendo os lábios inferiores, olho fixo no céu cinzento, desabafou: "Ah, mas se fosse verdade eu certamente brigaria pelos meus direitos. É claro que não me deixaria enganar por toda essa palhaçada. Tem alguma coisa errada aí, não é possível." (A palavra "possível", pronunciada entre os dentes e com clara divisão das sílabas: "pos-sí-vel"...) "Se os meus filhos andam por aí gastando o que nunca tiveram, não seria a minha aposentadoria, a salvadora da pátria. Nem de longe. Aliás, pátria miserável, que só sabe subtrair e exaurir o seu povo. Agora, a tal reforma da previdência, coisa insana, sem pé nem cabeça. País em que o Poder Judiciário se vende com a desfaçatez de poder democrático. Estou nessa situação por conta de "juizecos" do sistema, que só conspiram contra a classe média e os mais pobres. Quando não, enterram as pessoas em lugares como este, para que terceiros subtraiam o que é, por direito, dos coitados. Por falar em direito, preciso de um advogado ur-gen-te!"

XI

O dia continuava chuvoso, o que não impediu Vicente de dar uma volta no jardim da clínica. Não pense o leitor ser um daqueles jardins europeus, o tímido canteiro de terra batida com algumas roseiras, uma ou outra orquídea e pedaços de grama. Estava mais para um canteirinho improvisado, plantado ali para preencher o espaço do que seria um enorme e cimentado quintal. Vicente serpenteou o lugar mais feminino da clínica, indo até os fundos da propriedade para ficar mais próximo do barulhinho de água do riacho – na fronteira entre o muro e a vida livre. Os músculos retesados do ombro e o incômodo na base da nuca eram a senha para um acréscimo da pressão arterial, uma das doenças mais silenciosas do ser humano, principalmente daqueles que já ultrapassaram os 45. Seu rosto sisudo, sua cara de poucos amigos, fizeram a resistência dos funcionários ficar ainda mais frágil. Na verdade, qualquer coisa que colocasse em dificuldade o trabalho deles era motivo para um deixa-pra-lá. No máximo, escreviam garranchos em relatórios. E alguém deveria ler e dar ou não encaminhamento. Afinal, nunca ninguém viu ali o Dr. Orácio Nicácio, o médico que, sem critérios, piedade ou o mais próximo disso, assinou os papeis da internação do jornalista naquela bolha decadente. O procedimento era sempre o mesmo em instituições de saúde e seria o mesmo praticado pelo Hospital Maternidade Santa Casa nos anos 1950 e 1960. E devia ser assim também no manicômio mais famoso do estado, em Barbacena, hoje desativado.

Vicente ficou debaixo da chuva, como fazem os pastores alemães; o rosto à feição das lágrimas de São Pedro. Não queria fazer comparações do seu penar com a Paixão do Cristo, mas as suas lágrimas e o sangue nos olhos eram igualmente verdadeiros e a associação seria válida. E perguntou aos céus: Como é que ele, tão católico, fiel às missas dominicais da Paróquia Nossa Senhora Rainha, se encontrava naquele estado, sem poder sequer se deslocar até uma igreja qualquer – mesmo evangélica – e orar a Deus, à Virgem Santíssima para que ambos, ou um deles, caramba, indicasse um caminho menos doloroso? Dessa vez, o choro não era mais contido. Soluçava, o pobre homem. Seu sofrimento estava no limite com o abandono dos filhos, dos amigos, das instituições, e a revelação de Leila era ainda mais perturbadora, naquele momento. Vicente cantarolou a oração que marcou a sua vida nos vários entreveros do passado: "Pela sua dolorosa Paixão, tende misericórdia de nós e do mundo inteiro". Ao medir a pressão, na salinha de medicamentos, o aparelho aferiu 19 por 12.

3

XII

Nada como o tempo para distender as pressões que atingem os hipertensos. Quando não faz morrer, incute neles, aquilo de que Vicente sempre se apropriou: o esquecimento. E tanto faz se você é rico, pobre, preto, branco, católico ou ateu, estudioso ou vagabundo. O tempo é o tempo e foda-se o tempo que lhe resta!

Ah, o tempo, sábio tempo. Um tema pensado minutos antes não saía da cabeça do jornalista: a utilidade dos filhos. Coisa difícil de esquecer. Primeiramente, Vicente deveria mudar a si mesmo para convencer os demais de que poderia ir embora dali. Porém, os rancores e a realidade nua e crua, em sua fatalidade, o contaminavam a todo instante. Vicente precisava dar-se um tempo ainda maior para digerir, relativizar e refletir sobre o porquê de estar no porão das suas escolhas.

O amor...

É, o amor faz coisas que até mesmo Deus duvida. Afinal, já curou desenganados, já fechou tanta ferida, como cantou Ivan Lins.

***

O dia de sábado era um entra-e-sai na Razão e Sensibilidade. Filhos, sobrinhos, netos, primos, irmãos, amigos, parentes e também figuras estranhas pareciam advogar causos pitorescos, enquanto outras, causas inconfessáveis. Havia, em algumas relações, coisas que Vicente não conseguia captar. A visita da senhora Vilma parecia normal diante do que ela mesma relatou: somente uma empregada antiga com cara e coração de boa Sebastiana; o Zé Dirceu, que voluntariamente foi viver na clínica para não dar trabalho à família, sorria e aconselhava um lindo menino moreno de olhos bem verdes que, soubemos depois, era seu neto. Já o Pinheiro preferia um reservado, mão à boca, como fazem os tenistas de duplas, em colóquio inaudível com um sujeito com cara e terno de advogado. Quem usa terno sábados ou domingos é pastor ou advogado com duvidosas intenções, dizia o avô de Vicente nos idos dos anos 1960.

Matilde e Glória fingiam prestar atenção às sobrinhas, mas ambas eram olhos e ouvidos abertos à conversa do geriatra com a visita do Sr. Néstor. Ambas desconfiavam e já haviam relatado a Vicente, que Néstor devia estar sendo mantido com aquele ridículo camisolão, à base de drogas pesadas. O homem bonito, de barba milimetricamente bem recortada, confessava ser um poço de nada com aqueles olhos amarelo-hepatite. E seu jeito, por mais que tentassem torná-lo invisível, era de um ser que gostaria de revelar ao mundo que a sua bipolaridade podia ser controlada de outra forma. Aliás, ser bipolar está na moda nesses novos tempos e Néstor deveria ser um bipolar do grupo dos passivos: nele não há um nada de euforia e de tristeza, como convém ao caráter contraditório da doença, mas, sim, os extremos entre a melancolia e o silêncio preguiçoso de um homem supostamente culto.

De longe, mesmo à meia-luz, Vicente observou uma troca de envelopes que pareciam embrulhados em papel acetinado, entre Zé Dirceu, Ricardo, um dos supervisores, e a Dona Vilma. Intuiu que na roda, discutia-se o que fulano, beltrano, cicrano deveriam consumir na semana seguinte. Pelos colóquios, gestos, acenos para uns e outros fora do convescote, devia estar faltando alguma substância na farmacinha e a reunião era para deliberar o que deveria ser ministrado aos mais afoitos, para a tranquilidade e o êxtase apagado de sempre. Matilde, muito esperta, me viu olhando o que acontecia no canto da sala de piano e me cutucou dizendo: "Dali surgem o nada e o tudo ao mesmo tempo. E o envolvimento de Vilma, caro Vicente, é para garantir que ela não vá ter que dividir o que pode escassear, com mais ninguém. Se vai faltar, que os outros fiquem sem", completou.

Vicente tinha conhecimento do tráfico de doces, principalmente de chocolates. Mas a discussão entre pessoas que nem de longe poderiam aviar uma Cibalena, tomando posse dos mais diferentes medicamentos psiquiátricos, com planilha de quem receberia o que e a dosagem de cada um, era coisa a ser transportada para a reportagem que, agora sim, ganhava um peso, diria, molecular. Mas, por que Vicente não pleiteava a sua participação no tráfico?

Não que fosse dado a experiências com substâncias psicoativas, mas ao integrar o seio do esquema poderia captar as mais sérias informações a respeito, para então relatar os absurdos e a total falta de controle da clínica. Quem sabe, poder-se-ia até inabilitá-la.

— Vicente, fique com os meus óculos, são bifocais. Fique tranquilo, eu tenho outros. Notei que você aperta os olhos sempre que tenta ver alguma coisa distante e só usa os seus, de leitura, quando fica aí escrevendo, escrevendo sem parar –, disse-lhe Matilde, estendendo o braço com o objeto que mudaria sua maneira de enxergar o que acontecia na antessala do lugar.

Ele realmente via as coisas embaçadas, de longe. Por vaidade, não usava óculos o tempo todo. Aprendera, na vida de jornalista, que os óculos ainda são um acessório que desperta uma reprogramação das pessoas para, através deles, enxergarem a credibilidade da notícia. Além do mais, quem usa óculos fica com duas caras, com e sem os óculos, para não dizer que a idade também fica fora de foco. Porém, os óculos hoje são acessórios mais evidentes e aceitos nos telejornais, embora noventa se cinco por cento dos apresentadores não façam uso deles. O telespectador ainda prefere a nudez do rosto, lembrou Vicente. Na verdade, ele não tem certeza de nada disso, mas acompanha a maioria dos colegas de TV que vivem às turras com o teleprompter. Agora já era chegado o momento de desistir de se apresentar ao mundo embonecado, como nos telejornais e investir fundo nas questões, enxergando as coisas como elas realmente são. Ao colocar os óculos no rosto, viu o que deixara de sentir há bastante tempo. Como o Pinheiro, ele era relapso para as coisas da saúde. Aliás, como a grande maioria dos homens. Entre o passado e o tempo presente e as coisas que pretendia ver para se assegurar da propriedade dos fatos a relatar, Vicente observou que, com o passar dos muitos anos na história recente do país, a sua postura diante da notícia sempre esteve no alcance possível das coisas e dos entulhos. Com ou sem óculos. E se lembrou de um artigo de Cristóvão Tezza, que ele lera na *Folha*, em que o autor diz: "chegamos à palavra escrita já cheios de vontades e escolhas". Ou "A leitura é uma duplicação de um confuso mundo pré-existente". Mas, era preciso fazer o que considerava ser seu trabalho. Ainda estava vivo, lúcido, fora colocado ali na esteira sombria de um fato ainda não explicado... e completou o seu raciocínio com o que Tezza escreveu: "Tudo pode ser racionalizado, a inteligência é o valor supremo, a clareza e a nitidez são entidades éticas e o mundo só anda pra frente". E cada um faz a leitura que quer.

Os amigos da obscura roda de traficantes resolveram também deliberar sobre o primeiro baile da casa. Só me faltava essa: drogas e *rock-and-roll...* porque sexo parecia não pertencer aquele lugar. E o DJ poderia sugerir o sertanejo universitário, algumas polcas e valsas, Roberto Carlos, Elvis Presley e, é claro, o samba de roda. Tudo junto e misturado. Seria uma geleia geral.

— E vencida! – declarou Matilde com fina ironia.

XIII

Com os óculos começou, o nosso jornalista, a enxergar coisas nunca antes vistas, na história daquela casa de velhotes aparentemente resignados. As paredes eram mais sujas do que pareciam ser. Havia baratas e formigas andando pelos tacos, pelas paredes e por pratos e copos dos mais cegos e fracos. As marcas nos pulsos e nos tornozelos ficavam mais evidentes, umas até estariam prestes a abrir-se em feridas. Homens e mulheres curvados com dores nas juntas, nos dentes, defecados como o Sr. Vinícius, urinados e ardentes em suas fraldas baratas como a pobre da Dona Alzira. Era um quadro que lembrava os relatos de Nei Lopes no conto "Valonguinho". Estavam todos ali condenados à morte e ao esquecimento e Vicente deu asas a reflexão: "Em um governo decadente, não se pode esperar nada de um asilo sem a governança e a vigilância de um órgão fiscalizador ou mesmo interventor. A pior coisa do mundo é um hospital depender da caridade humana. Não há plano de saúde para esse tipo de gente. Depender de doações, como as que o Pinheiro concedia à Santa Casa de Misericórdia, era viver a penúria da falta de tudo, inclusive de pagamentos de despesas regulares como água, luz, aluguel do prédio, salário dos empregados... Nos dias atuais, com essa crise solta por aí, mais e mais pessoas desligam os telefones na cara dos cobradores ou relatam histórias de aperto financeiro, para serem esquecidas nesse período. E os mais espertos e criativos –, pensou Vicente depois do que vira há pouco –, estão no canto desse mundinho de meu Deus, conferindo item por item a escala das drogas a serem prescritas, quem será merecedor de um cigarrinho, das doses de cachaça, uísque (o cachorro engarrafado) e Haldol (o cachorro seringado)."

E agora, como convém à máxima "pão e circo", vão emplacar um baile para levantar o astral, colocar um sorriso provisório nas dentaduras desses octogenários, esquecer toda essa loucura de vida. "Vida louca, vidaaa, vida breve", cantarolou Vicente, a música do Cazuza, como se quisesse colocar trilha sonora nos fatos que narrava.

Diante dos acontecimentos, agora enxergados com mais clareza e maior nitidez, graças aos óculos de Matilde, a certeza de que deveria juntar-se ao sofrimento daquela gente. Sofrimento este que também era seu, à flor da pele, ganhava dimensão. Uma amplitude que deveria romper com aquela decadência de vida, algo edificante, valoroso. Sabia ele que o descaso e a solidão desumanizam as pessoas. Sabia também, que os seus idosos não querem que os amem, não estariam acostumados a esse nhenhenhém romanceado em que só a plateia sorri. Vicente sabia que deveria tratar todos ali como se bichos fossem. Era-lhe mais fácil essa perspectiva. Afinal, como Júlio Verne, Vicente desconfiava do mal. E se desconfiava do mal, do mal que não aguenta um tranco mínimo do bem para alterar a engrenagem que assola e pisa a ingratidão, era imperioso mirar o destino como se ele não existisse.

XIV

— Roubaram as anotações do Vicente!!! – gritou Soraia, a menina de olhos esbugalhados, que ainda ficava perplexa com tudo o que via. Ela era, talvez, a única, além de Vilma e Matilde, que apoiava o interesse do jornalista em contar o que ali se passava. E Vicente, que confiara às suas anotações toda a lógica, o fio da meada, da história que deveria vencer os muros da clínica, deixou-se abater, e como um embrulho sem importância foi se chutando, como se estivesse na última estação da vida. Agora não havia mais nada a fazer. Como depender da sua parca memória para reescrever a história? Impossível!

***

— Adhemar Seabra... – leu em voz alta o jovem geriatra, diante da cama alta que ficava ao lado da cama de Vicente. "Pressão normal, batimentos cardíacos normais e os exames de sangue do médico paciente estão bons para a avançada idade que tem. É, pelo jeito, ele ainda vai longe aqui na clínica. O que temos a fazer", disse o médico para um assistente, "é medicá-lo, virá-lo, pelo menos umas seis vezes por dia, usar toalhas de papel para secá-lo sempre que suar, para evitar as escaras. Não há o que fazer com ele além disso".

Mesmo sonolento, Vicente despertou ao ouvir o sobrenome e a profissão do colega do 3D. Adhemar Seabra? Esse não era o médico que acompanhou a menina Helena no Hospital Maternidade Santa Casa? Será que Vilma sabia disto?

— Sr. Vicente, Sr. Vicente!

— Sim –, respondeu o jornalista à repetição da caixinha de som afixada próxima ao 3D.

— O Dr. Luis Barreto o espera na recepção.

— Ora bolas, quem seria esse tal Barreto? – perguntou-se.

Era, enfim, o advogado que tanto pedira à secretaria da casa. Na verdade, Vicente havia solicitado a presença do Dr. Lao, amigo de longa data, e testemunha, se fosse o caso, da palhaçada que fizeram a ele.

— Sr. Vicente, deixe eu me apresentar: meu nome é Luís Barreto e vim atendê-lo a pedido do amigo comum, o Dr. Lao.

— O que houve com ele?

— Agora, o Dr. Lao é Procurador do Estado de Minas Gerais e deixou de advogar no particular. Está numa boa vida danada, se é que deseja saber. Mal chegou à crista do judiciário já arranjou de fazer uma especialização em Portugal, coisa de um ano fora do Brasil... mas, em que posso lhe ser útil, Sr. Vicente Fagundes... (demorando-se na reticência, pois checava num papel nome e sobrenome do provável cliente) de Paula Neto.

Vicente tentou ser o mais pragmático possível, resumindo o caso de sua internação forçada, a informação de Leila sobre a sua herança lotérica, a forma como fora levado até a clínica, os seus esquecimentos – que ele considerava naturais e absolutamente administráveis – e terminou querendo saber o que era preciso ser feito dentro da lei, os honorários do advogado, as taxas de um possível processo e se o caso era claríssimo de ganho de causa.

— Sr. Vicente, voltarei aqui para anotações detalhadas sobre o seu caso e só a partir daí é que poderei lhe dar a minha opinião a respeito. Combinado?

— Quando é que o senhor volta, para que eu possa preparar item por item, um escopo do problema?

— Tenho viagem marcada para a semana que vem. Prometo voltar em, no máximo, 15 dias. Está bom para o senhor?

— Eu não tenho muitas opções... – disse-lhe Vicente, de cabeça baixa, quase convencido de que a história contada carecia de algo mais para convencer o homem barrigudo, careca e cara de passarinho.

Pensou dar-lhe todas as munições, tintim por tintim, relatando a sua vida pregressa, coisas que poderiam de alguma forma ter influenciado a própria família a fazer o que fez, deixando-o sozinho, numa vingança desproporcional ao que de fato deu-se nos acontecimentos pretéritos. Mas já era tarde, o senhor advogado já descia as escadas para o portão da rua, com a pressa que só a urgência dos honorários é capaz de classificar.

— Hum! Deixa estar...

Ainda provaria que a sua perspectiva a respeito de todo aquele tormento não era divagação ou etéreas distorções. Que havia, sim, a dificuldade de se antenar às coisas cotidianas, mas que a importância que as pessoas erroneamente dão aos seus anseios não deveriam se impor ao plano perpétuo dos acontecimentos. Assim como acabara de ver em um canal de esportes. Foi quando elocubrou para si: "O presente corre depois que o bastão olímpico toca o sino da velocidade. Daí, como um raio, torna-se futuro como a flecha de um universal curto-circuito." Compreendeu que o seu pensamento talvez estivesse confuso, prolixo, e que a analogia sobre a prova olímpica 4 x 100 metros deveria, sim, virar a página da história, como acontecia naquele exato instante na emissora de TV a cabo. Usain Bolt exibia-se flecha enquanto a flecha seguia o seu curso. Mas Vicente se lembrou de que também no bom e velho jogo de tênis, como quase tudo na vida, as coisas funcionam também dessa maneira: na quadra, se você não olha para o momento exato do impacto da raquete na bolinha amarela, é quase certo que errará o golpe; também é verdade que se o tenista remoer a jogada perdida, fatalmente ele estará desconcentrado para dominar a jogada seguinte.

Passados 21 dias, Vicente acocorou-se diante da impossibilidade de ir aos tribunais discutir a sua desinterdição. O tal Luis Barreto não deu as caras como prometera a ele.

O advogado bem que tentou traçar um plano que viabilizasse o processo. Depois de discutir a causa com um detetive que deveria checar as informações de Vicente, inclusive, sobre ele ser o ganhador do prêmio máximo da loteria, e também levar o caso a dois psiquiatras para que pudessem, de alguma forma, investir sobre os laudos que ditaram a internação do jornalista, o próprio "doutor advogado" veio a perceber que dificilmente colegas de medicina iriam se contrapor aos laudos existentes por uma simples questão ética. Nesse caso, o corporativismo atropelava as pretensões legítimas de Vicente.

Os preparativos do baile já davam a devida dimensão da festança dos idosos. Os parentes e os amigos foram chamados a contribuir com salgadinhos, churros, refrigerantes, toalhas floridas, o DJ e o aluguel da luz negra. Na sala maior da clínica, uma vitrola

Telefunken, bem antiga, talvez mais do que os próprios internos, deveria dar conta da sacola de discos de vinil do profissional radialista. E a coisa pegou fogo já no seu início com o sucesso "Viva La Vida!", do Coldplay,

Os olhos que a terra há de comer, portando os óculos de Matilde, também viram o consumo preocupante do "cachorro seringado", como apelidavam o Haloperidol; uns até justificados, por serem de contenção a euforias indesejadas; o tráfico de cigarros, alguns velhotes apalpando as nádegas de suas parceiras, gente dormindo, outros sem dar notícias do mundo, enquanto a maioria queria saber mesmo era de comer. E comiam como se o mundo fosse acabar naquela noite. Noite esta que talvez substituísse o triste Natal e as famigeradas férias escolares. As malditas escolas dão férias e a consequência desse inoportuno ato é o abandono temporário dos idosos. Quando as famílias "fogem" para praias e sítios a sensação que fica é a de que elas nunca mais voltarão para vê-los.

As famílias convidadas previamente para o baile, apenas mandaram entregar doces e salgados e, felizmente ou infelizmente, não apareceram para assistir ao que seria um poodle atrás da orelha.

Vicente, que andou desfocado e desfocando-se das coisas, tentava ali ver e enxergar o autor do roubo de suas anotações. Quem, daqueles crápulas com carinhas de velhos insuspeitos, seria o meliante que lhe tirou as suas coisas? Por que há tanta safadeza e molecagem até no mundo que está mais pra lá do que pra cá?

De repente, um grito de Vilma. A mãe de Helena golfava uma espuma amarelada da boca e, segundo dois ou três colegas, foi por causa de uma convulsão, no mínimo, estranha.

— Teria sido overdose de alguma substância? – perguntou Vicente, de supetão, para se deparar com a consternação dos demais presentes, diante da famigerada afirmação.

— Parem a música! – gritou Zé Dirceu.

— Chamem uma ambulância! – ouviram todos a frase de uma voz até então desconhecida. Era de um homem alto, calvo, pele levemente amarelada, quase palha. Ele estava curvado sobre uma bengala de marfim, ou de osso, e mirava as pessoas com dois belos olhos azuis e um semblante de amigo infinito. Quem era aquela figura que quase batia no teto da porta que dividia o salão da clínica, da saleta onde Vilma tivera o piripaque?

Vicente deslumbrou-se com a presença do companheiro de quarto. Ali estava o seu vizinho em pé e em 3D, absolutamente senhor da situação.

— Dr. Adhemar Seabra! – disse em voz titubeante, quase incrédula, a cuidadora Adelaide, seguida por umas cinco ou seis pessoas a repetir:

— Dr. Adhemar Seabra! Dr. Adhemar Seabra! Dr. Adhemar Seabra!

O velho sorriu um sorriso maior que todos, não revelando, em seu rosto, preocupação maior com o caso que ali envolvia todos.

— A Sra. Vilma e eu temos uma longa história de cumplicidades. Lá, daquele leito de hospital onde estou há, pelo menos, uns três meses, creio, percebi o seu mal-estar. Mesmo quase paralisado, resolvi reunir as forças que ainda tenho para vir aqui e acompanhá-la até o hospital, disse-lhes pausadamente o velho clínico.

— Mas o senhor não pode sair assim... temos que ligar para o Dr. Nicácio e pedir autorização para o senhor se ausentar. A coisa aqui é rigorooosa! – interveio Adelaide, uma das atendentes, estendendo a sílaba tônica para uma ênfase entre o jocoso e a advertência.

Candidamente, aquele homenzarrão mostrou-se firme em seu propósito.

— Mocinha, deixe o Nicácio comigo. Vou levá-la mais uma vez a um atendimento especializado e de lá tenho uma última missão a cumprir. Daí – deixo avisado – não voltarei por esses dias. Estou me sentindo parcialmente bem e um dever muito maior que tudo que já fiz na vida me chama e tem que ser hoje, agora. Vou tirar esse pijama e vestir-me adequadamente para esse momento tão delicado.

— O que ele queria dizer com momento delicado? – perguntou-se Matilde, preocupada com o estado de saúde de sua colega de prosa e amiga de alguns segredos.

3

XV

Ah, os netos. Se os filhos, irmãos e amigos não confiam mais em você, sobrarão os netos – pelo menos, até os de 12 anos – para ouvir as suas histórias e as suas bravuras. Eles não se importam se suas aventuras forem as mesmas de sempre, repetidas e repetidas como forma de dizer ser verdade as capas e os escudos que você usou como herói da vida. Na verdade, o que os idosos querem dizer, salientar, repetir e repetir até você se encontrar, ou se encantar, é que a trajetória só é possível se a gente puder envelhecer desde criança. E não como tentam dizer por aí que os idosos ficam débeis e viram crianças outra vez. Isto é ofender uma criança. Duvido que haja algo maior e mais pujante que o desenvolvimento de um ser humano ainda bebê... é do nada que nos tornamos seres únicos em um espaço ínfimo de tempo. Daí nos rendermos, todos nós, à bravura de ser o que é – mesmo depois de 70, 80 anos de idade. O que nos faz diferentes é apenas a velocidade, a urgência, o chamado dinamismo, e a merda do tapete no interior de nossas casas, que sob nossos pés é armadilha perfeita para nos abater e nos levar para outra vida, se é que ela existe. E, quer saber? Ainda luto para me distanciar desse futuro incerto. E dos tapetes.

Essas palavras estavam sobre a mesa de cabeceira de dona Vilma, e ela complementaria:

Sei que existem velhotes que se renderam à fé e se mostram por aí, resignados ao que está para chegar. Dizem ser budistas, kardecistas, hinduístas; pessoas de espírito mais elevado, embora eu desconfie que tudo seja uma grande farsa. Como diria Fernando Pessoa: "o poeta é um fingidor/ finge tão completamente/ que chega fingir que é dor /a dor que deveras sente".

Não pensem, jovens e maduros, que o teatro e suas máscaras são acessórios que se encontram apenas nos mentirosos. Na verdade, as máscaras são o jeito de todos enfrentarem os seus trechos, laudas e roteiros em um cenário cada dia mais deslumbrante. Diante do que não dominamos, o futuro, nossas armaduras vão se incorporando aos nossos corpos para nos proteger também do intangível. Só uma coisa se revela na vida: o tamanho dos nossos medos. Até entre os grandes predadores dos mares pode-se observar o impacto inclemente do medo.

Aos impetuosos caçadores vorazes, como os tubarões, há sempre uma orca no caminho e um profundo sono a drogar e liquidificar os sentimentos. Assim acontece quando a chamada baleia assassina abocanha o tubarão, e ao virá-lo de cabeça para baixo, o temível senhor dos mares desacorda-se, como se injetassem nele uma daquelas injeções disponíveis na clínica.

O que Vilma queria dizer com o texto que deixou escrito em sua mesinha de cabeceira? Título: *A dimensão exata do que a vida encena*. Pelo que acabamos de ler, a própria, saudosa dos netos, doou-se nos escritos completamente e resolveu citar os tubarões – leia-se: os poderosos –, apenas para completar o raciocínio. E o fez, creio eu, depois de assistir a um desses documentários do Animal Planet.

— Coisas assim acontecem o tempo todo, minha cara Vilma –, refletiu Vicente. – Quando escrevemos, escrevemos com o estreito presente que vivemos. Isso quando a vida nos empresta a sua escrita nos vários pedacinhos desbotados que temos. Ou seja, a vida já, agora, neste exato momento, é um presente. Um presente com todas as suas ausências.

Virando a folha de papel, Vicente deparou-se com mais um trecho escrito tremulamente por Vilma:

Netos nunca os tive. Não há saudades em minhas veias, veias que agora saltam para fora de meu corpo desenhando um rio de coisas passadas e dolorosas. O que escrevi no outro lado da folha seria o outro lado da vida se eu tivesse tido a coragem de enfrentar a minha Helena do jeito que ela é e sempre foi. Quem sabe ela própria me teria dado forças para uma nova e normal gravidez. Seus dons poderiam tocar o seio do futuro. Hoje talvez eu tivesse segura em casa com Helena, Débora ou Bruno, alguns netinhos; e todos a me protegerem de alguma forma. Talvez eu não optasse pela adoção de um filho que me entregou a este lugar.

Depois Vilma deixou um espaço em branco no pequeno papel e voltou a escrever, desta feita com letras firmes e decididas:

Agora sinto que o meu corpo e minha alma precisam enviar um recado ao médico redentor que passou a vida cuidando da minha menina sem se importar com a mais absurda das inconsequências. Por favor, como sempre implorei: doutor, pela última vez, pegue a minha filha e leve-a aos pés da Virgem de Samotrácia. Ela é digna de um adeus misericordioso. E quem sabe um adeus que encontre guarida no interstício dos tempos, entre a luz e a sombra.

Soubemos, posteriormente, que Vilma havia renunciado aos medicamentos diários e pontuais que a deixavam sob controle, virava as noites com os olhos fixos na lua cheia, bem viva à janela do quarto, do Louvre, da vida, sem comer, sem beber e como forma de alcançar o Prana, com o propósito de encontrar os sinais que monitoram as outras tantas vidas do universo, até chegar e tocar o Dr. Adhemar. A lua cheia não podia escapar. A sua luz é única e a única que consegue penetrar entre as nesgas do grande museu.

Uma pergunta ficou no ar durante todos esses anos de vida da menina Helena. Por que Vilma, mesmo com o mais doloroso sentimento de culpa, não foi capaz de ir até a filha uma única vez, para encarar as coisas como elas são. O que estaria por trás daquela distância entre mãe e filha. Outra coisa: Vilma teria ido alguma vez rever a Vitória de Samotrácia em seu resignado habitat, o Museu do Louvre? Pelo que sabemos, a grande escultura atendera ao delírio de uma mãe repleta de êxtase diante da Virgem, há 52 anos.

Agora quem estava em êxtase era Vicente. Jamais se entregara aquele tipo de sensação com a sua habitual crença nas coisas próprias do cristianismo consagrado. E mesmo diante de seu apego a fé herdada dos tetravós, foi adiante com mais uma pergunta: como se deu a mutilação da grande Vitória? Ela perdera a cabeça em um combate espiritual entre o seu escultor diante da perspectiva de criar um rosto diabólico em um corpo extraordinariamente lírico e fugaz? "O medo também seria a chave daquele enigma", pensou.

Vicente tomou a frente das coisas e deu ordens ao DJ para que religasse a vitrola e trouxesse um pouco de alegria a casa de acolhimento. O drama vivido por Vilma, o despertar estranho de Adhemar, o desabafo da amiga de todos em uma folha de papel e a fragilidade dela em tempo algum fez com que se desinteressassem pela festa que a própria ajudou a montar. Enquanto fazia seu jejum, Vilma admirava a lua que por longos anos alumiou escravos fugidos das senzalas mineiras, casais enamorados, lobos e borboletas. E jamais se queixava. Ao contrário, capitaneava a todos para os colóquios do lugar. Definitivamente, a mãe de Helena não era refém de um abrigo, muito menos de um luar. Era vida enquanto a vida de Helena exigisse um "ter que ficar".

Mas a festa não pegou. Como diria Vicente, na antessala da morte, festa é assombração. Mas o céu pode esperar...

Para alguns da clínica, a frase que remete a título de filme não encontra eco no além, no céu. Viver naquele inferno é, muitas vezes, pior do que implorar silenciosamente por uma overdose de remédios. Eles gostariam sinceramente de serem esquecidos em seus labirintos. Até que as forças contrárias do adeus final, essas que insistem em aprisioná-los naquele estreito mundo dos sonhos acabados, retorne à infância dos que renovarão a vida... Ainda mais que os doces e os salgados não deram nem para começar e ninguém ali estava na cidade-luz.

O pior é saber-se ser o incômodo descarte da vez. Como dói aos que andam, pensam e ainda sonham suportar o cerceamento de coisas banais como ir a um verdureiro comprar abacaxi, quiabo e tomates, contar os trocados como forma de ser prestativo com o comerciante que tanto precisa de dinheiro fracionado; poder conversar com o zelador, o entregador de jornais, o lixeiro, os passeadores de cães. Na clínica, é proibida a presença de cães e gatos para a criança que ainda resiste nos idosos. Que chamam criança a própria vida. E se se rebelam ou falam um pouco mais alto e grosso, logo vem um remedinho para nos fazerem calmos e pasteis. Quando se chega onde muitos nem sequer podem chegar, é imprescindível conversar, contar causos, piadas, observar os bebês, as flores, o vento, ou mesmo amar um parceiro ou parceira – mesmo sem ter tesão ou libido. Essas coisas a gente só aprende depois de certa idade ou da idade certa. Assim como Vicente foi escalado para ser reserva na vida ou ficar no reservado lugar que decidiram por ele, a velhice se agarra a amargura para ambos serem expulsos do "paraíso" o quanto antes. Claro que existem aqueles amigos que encaram a presença da morte com desdém e tranquilidade! Eles são poucos, e quase nunca vão morar num lugar como esse; há os solitários e os tristes. E aqueles com medo de ficarem sozinhos ou são pessoas que preferem viver o final da vida com a certeza de que receberão a visita dos filhos, netos e familiares porque certamente são merecedores, escancarando uma prova vergonhosa para os outros internos de que não foram esquecidos. Ter inveja aos oitenta e tantos anos é uma merda de um tamanho colossal!, revelariam os esquecidos.

Tiveram eles o que para não sofrerem a indiferença dos seus? Os estudiosos deveriam divulgar uma fórmula de como se deveria agir com os filhos antes de chegar a ponto de não se poder fazer mais nada... R$ 46.000.000,00... Vicente tinha certeza de ter conferido todos os seus jogos antes de ser defenestrado para o subúrbio de Macacos. Havia nas afirmações da ex-namoradinha Leila um certo delírio? Só pode. Certamente, alguém que apostou na mesma lotérica foi o ganhador do prêmio. E não era ele. Se há uma coisa de que o Vicente nunca iria se esquecer é do ato supremo de conferir as apostas. (Compraria a atenção dos filhos com cinco, dez milhões para cada um...). E conferir os números da sorte era coisa automática. E por que as coisas não batiam? Neste mês, o dinheiro da mensalidade e dos medicamentos chegou com atraso de cinco dias. Se os filhos e a bruaca estão por aí gastando a rodo, não teria porque atrasar o boleto da clínica. Ou eles estariam esquecidos até desse relevante pormenor?

XVI

O início do mês de dezembro criou certa agitação entre os cuidadores da clínica, por conta das festividades do Natal, embora, a maioria deles estivesse meio apreensiva com a chegada de uma enfermeira chefe. De 7 da manhã às 5 da tarde, será o período em que Maria Ignêz ficará responsável pelo gerenciamento das atividades, inclusive o controle da farmacinha do local. "Já era hora de colocarem alguma ordem na casa", sussurrou a velha Matilde. Dizem que os responsáveis pela clínica ficaram com medo de algum dia o jornalista relatar o cartel e a roleta russa dos medicamentos. Mas Vicente nunca conseguiu explorar o assunto do suposto "tráfico de remédios" com os dois principais envolvidos que, diga-se de passagem, nem de longe poderiam passar perto de uma república de estudantes. Pelo que presenciava, até os estudantes da Universidade Federal de Ouro Preto se surpreenderiam se pensassem que, na velhice, estariam todos na balada sintética da desesperança. Mas, quem sabe, talvez mesmo assim, um dia ele entrasse no lugar de Vilma. Por falar em Vilma, onde estaria a mãe de Helena? Certamente em Paris, no Louvre, fazendo companhia à sua fadinha torta e monga... Vicente não acreditou no que acabara de pensar. Eram doentias, aquelas palavras...

A montagem da árvore de Natal, do fio de luzinhas piscantes nos jardins da casa, contornando também janelas e portas, era a principal atividade dos funcionários. Claro que alguns idosos acorriam para ajudar, atrapalhando a dinâmica do trabalho. O que se podia extrair da novidade que se repete todos os anos, era a cara de paisagem dos internos diante das luzes que, finalmente, davam cor aos seus pálidos e sofridos rostos. Muitos fechavam os olhos, enquanto outros fitavam o brilho das lâmpadas como se o cintilar das luzes desse choque em suas retinas. O fato é que aquela parafernália colorida, que talvez servisse mesmo para dar vida ao ambiente natalino, incomodava mais do que alegrava.

Era divertido vê-las animadas e apressadas na decoração natalina. O lado feminino da clínica estava mais adiantado e contava com a alegria de velhas e moças, para fazer frente aos rabugentos do lado masculino. A má vontade dos cuidadores homens para pendurar os enfeites era espelho da atmosfera do local. Enfermeiros, estagiários de enfermagem e o ajudante de cozinha faziam corpo mole para adiantarem o serviço. Na verdade, esperavam que as colegas se deslocassem para a ala dos mais aborrecidos, para ajudarem a terminar a decoração.

Finalizada a montagem da decoração do "Natal Feliz", a meta era fazer cartazes e letras de músicas que humanizassem a festa cristã, com a participação dos internos. Mais uma vez o lado feminino da clínica largou na frente, ao deixar tudo preparado para recepcionar as poucas visitas. O Natal – a festa de nascimento do menino Jesus, que por isso mesmo deveria ser animada e feliz – não tinha o apoio dos familiares e dos amigos, apesar das promessas de todos os anos. As demandas de fim de ano, as provas, as férias, as viagens, os shoppings, as compras, as reuniões, o amigo oculto, os balanços, as oficinas mecânicas... acabavam deixando de lado as estrelas do grande cometa. Esquecidos. Se não desse para ir neste ano, ano que vem, sem falta.

Ao velho esquecido, como nos hiatos de memória do próprio jornalista Vicente, era chegada a hora de agarrar-se ao menino Deus como forma de enxergar através Dele, a passagem da vida como algo primordial e santificado, para diluir no tempo o sofrimento da impotência e do descaso dos seus. Já lhe havia ocorrido esse enfrentamento dias atrás, quando pensou no amor como forma máxima de reverter a situação que o vexava tanto. Mas não saberia dizer porque se esquecera de colocar em prática o que lhe havia ocorrido na ocasião.

Como nos ensinamentos bíblicos, Deus jamais se esquece de seus filhos. E se é assim, Vicente deveria ajoelhar-se diante da imagem alva de Nossa Senhora Aparecida envolvida em papel plástico que guardava em seus pertences e pedir-lhe sua intercessão. A Senhora Aparecida não precisaria ser cooptada para advogar os queixumes do jornalista. Era só pedir e esperar. Simples como a fé. Mesmo sabendo que a fé é a unção de Deus para os humildes de coração.

Vicente não era piedoso e muito menos humilde, embora ele desejasse, do fundo da alma, tornar-se mais flexível e encaixar-se na humildade dos perdedores. Então, era imperioso falar cara a cara com Jesus. Desafiá-lo. Exigir do senhor da vida, alguma atitude em prol de pessoas na situação dele. Mas, nesses tempos do politicamente correto, o crucifixo de Jesus fora retirado da clínica para que a instituição passasse a imagem e a capa das minorias. E Vicente pensou: "Cada dia mais, a maioria anda perdendo espaço. Já conheço pregadores de uma democracia assinada somente por uma elite com ensino superior completo. Complicado, este mundo"!

Sem a referência no alto de algum canto daquele recinto, Vicente não conseguia ater-se a um ponto qualquer no céu ou mesmo dentro de si, como centro de vida e de amor, algo que facilitasse a sua concentração. Para ele, a imagem não é somente uma estrutura de barro, madeira ou mármore, um bezerro de ouro; mas sim, um infinito ponto de luz a irradiar a resolução de tudo. "Oh, Jesus, por que me abandonaste!?", suplicou, tentando recriar a imagem do Cristo em suas ideias.

Lembrou-se de *Silêncio*, de Martin Scorsese, com Lian Neeson... deveria ele ceder à realidade e à têmpera do espaço que hoje ocupa, como se fosse o Japão? Apreender a cultura, as linguagens, a ausência presente de um Deus silencioso em prol de um bem maior: a vida?

Mas não insistiu em colar uma coisa à outra em alusão à película, pelo fato de tratar-se de histórias em contextos muito particulares.

— Será? – voltou a perguntar-se.

XVII

Dona Vilma foi vista em Paris, mais precisamente na Gare de Montparnasse, entrando em um trem. Com ela, uma sacola de bom tamanho, feita em lona verde-musgo. A mala parecia pesada, pois Vilma a segurava com o braço direito retesado e o ombro caído. Cada passo que a velha senhora dava, era um susto. Caía de um pé sobre o outro, escondendo, quem sabe, a filha Helena, na grande mala que levava. Uma enfermeira de férias havia avistado a mãe de Helena ao acudir um senhor idoso estirado no chão da plataforma, já se despedindo da vida com um sorriso póstumo no rosto e na boca que ainda borbulhava uma espuma amarela. Era o Dr. Adhemar Seabra, ela tinha absoluta certeza. Os documentos que retirou de um dos bolsos do casaco de lã que vestia o mais idoso dos médicos da Santa Casa de Misericórdia para enfrentar o frio parisiense, trouxeram a confirmação. E foi exatamente por causa do Dr. Seabra que a enfermeira Maria de Fátima ligou os fatos acontecidos ali.

Diante do homem que desmontou à sua frente balbuciando algo antes de morrer, a mulher que o acompanhava há poucos segundos, saiu da intrigante cena com a rapidez de um raio – um raio pesado e não tão lento como parecia ser – para ingressar em um dos vagões do metrô. No curto período de tempo, quando três ou quatro pessoas tentavam prestar socorro ao médico que parecia inchado e tinha feições pálidas, a enfermeira ficou sem saber se olhava para Vilma que, sem prestar socorro, seguia embaralhada em seu fardo rumo ao trem, ou se atendia ao chamado da missão que abraçou.

A notícia correu o universo médico de Belo Horizonte, por motivos óbvios. Como o colega Dr. Nicácio iria explicar o paradeiro do clínico geral mais antigo da Santa Casa, morto no metrô de Paris, no momento em que deveria estar internado em uma clínica de repouso?

3

XVIII

O burburinho na clínica por causa do caso Adhemar era mais visível entre assistentes e auxiliares. A qualquer momento, a Polícia Federal ou a Polícia Civil deveria bater à porta da clínica para colher depoimentos que pudessem elucidar o caso.

A diretoria tratou logo de contratar um advogado para defendê-la das acusações já esperadas e aconselhar os funcionários a agirem com cautela, principalmente limitando palavras. Deveriam dizer somente que o paciente sofria de Alzheimer e mantinha-se sedado e que jamais passou pela cabeça de ninguém que ele estaria armando uma fuga do local para, vejam só, uma viagem internacional. Isso nunca! E se os agentes perguntassem sobre a possível prestação de socorro do Dr. Adhemar à Sra. Vilma Bicalho de Sena, o silêncio seria a arma de defesa da instituição. Ninguém saberia falar sobre o ocorrido e qualquer alusão famigerada à história, era delírio de algum paciente. E como a mãe de Helena não estaria ali para contar a sua fantasiosa história, os advogados estavam certos de que os policiais não iriam vasculhar e/ou fazer ilações sobre um caso guardado a sete chaves pela sociedade médica mineira, inclusive, com a súbita viagem do velho clínico, numa alusão às pesquisas forjadas nos idos de 1960, no labirinto científico da Santa Casa de Misericórdia.

Como a dor dos outros é sempre mais extenuante, o assunto foi murchando aos poucos, com os cansativos apelos da Dona Lourdinha na sala principal da clínica. Ela insistia, chorosa, em voltar para casa. Dizia não gostar dali, que ela não reconhecia aquele lugar como um espaço de acolhimento, que havia luz e sol para que ela pudesse, enfim, voltar de onde veio sem problemas de transporte e de assalto. Estava agitada, levantava-se a todo momento com a intenção de sair dali o mais rapidamente possível. Dizia que alguém a esperava para viverem a vida que sempre tiveram. Um "chega mulher" chamou-lhe a atenção inesperadamente sem interromper a sequência dos fatos. Como é horrível presenciar uma cena dessas! Estando ou não demente, sem as suas faculdades mentais normais, o fato de Dona Lourdinha expor seu desejo de voltar para casa é comovente em todos os sentidos. Ali está uma pessoa implorando ajuda, verbalizando o que deseja do fundo da alma, de uma profundidade mais extrema do que o labirinto da mente. Uma assistente ameaçou chamar a filha Laura para conter a pobre senhora, o que Lourdinha, ainda mais nervosa, rechaçava veementemente.

— Laura, não! Laura, não! Eu quero ir embora, eu quero ir embora...

Para o sossego de todos, logo chegou a seringa mágica para colocar as coisas em seus devidos lugares. O chilique terminou logo depois da aplicação, como se a própria já desejasse render-se à escuridão antes mesmo da picada mágica.

Vicente não escrevia mais uma linha sobre o atual ambiente em que vivia em consequência do desrespeito e da truculência familiar em parceria com a falta de apreço ético pela vida e pelo idoso, de uma falsa casa de repouso que devia, sim, ele tinha quase certeza, ter chancelado o roubo de suas laudas. E que com certeza também, contou com a ajuda de algum velho desavisado e inconsequente para suprimir os papeis. Porém, o velho jornalista ainda não perdera a capacidade de refletir sobre o assunto. De certo, outras clínicas mundo afora devem ser mesmo casas de acolhimento e não o antro em que a família o meteu.

Tanto é que até na Razão e Sensibilidade, as auxiliares e os demais funcionários são pessoas que tentam fazer o seu trabalho dentro daquilo que é possível. Trabalhar com idosos não é para qualquer um. Um ser humano com mais sensibilidade, ansioso ou sem um mínimo de paciência, não é qualificado para exercer essa função. Os idosos dão trabalho até para se locomoverem. Se querem ir de um ponto A para um ponto B, é preciso apoio de um assistente para alcançar o objetivo. Quando não estão em cadeira de rodas, posicionam-se como se fossem cavaletes. Ao menor empurrãozinho ou descuido, vão ao chão. E nada pior para um idoso do que uma queda e ossos quebrados. Mas os auxiliares da clínica deveriam ser, no mínimo, cúmplices do que era praticado na instituição. Como dar dimensão a um simples relatório de um paciente ministrando, a partir dele, substâncias que acalmariam até um cachorro selvagem? Por que todos ali são velhos murchos, de olhares infinitos, de expressões que parecem represar até os batimentos cardíacos? Ah, e por que não são oferecidas aos pacientes, sessões de terapia? Alguém que possa entender a história de cada um, suas manias, medos, sabotagens, máscaras...

No outro canto da sala, Dona Benta me contava a sua história, a mesma história que, de certa forma, alimenta a sua esperança. O pai, um dos fundadores do Banco Nacional, a teria chamado para trabalhar na instituição logo depois que o estabelecimento começou a espalhar agências por todo o Brasil. Por onze anos, ela foi das mulheres mais felizes da terra, por ter integrado o contingente de um dos principais canais de comunicação do agora falido banco, o departamento jurídico. Benta, hoje está curvada, mas exibe olhos fixos e atentos a tudo o que acontece. Fora dela, o grito que tentara calar a pobre da Lourdinha, em sua insubordinada ação de querer ir embora. Benta parecia durona e acostumada a manter as coisas sob o seu comando. Depois de passar em revista a tropa da clínica, ela prosseguiu dizendo que se internara ali até que o apartamento de quatro quartos, no Lourdes, ficasse pronto. Enquanto isso, o irmão da minha interlocutora achara por bem que ela recebesse cuidados em uma clínica – com assistentes, enfermeiras e médicos, refeições e medicamentos – até que a construtora autorizasse a ocupação do tal imóvel. Tudo seria uma questão de tempo. Mas a construtora estava postergando demais a entrega do que fora combinado, ela me reclamou. E olhando-me fixamente, perguntou: "Por que demoram tanto a entregar a casa em que vou morar?"

Num dos meus surtos imaginativos e doentios, falei baixinho: "Estão esperando a instalação da lápide..."

Não havia muitos assuntos a serem conversados ali, mesmo os mais intangíveis. A maioria dos pacientes mantinha os olhos fechados ou apagados por causa da debilidade ou porque não há mais nada a ser visto. Diante do quadro fotográfico semelhante às capas da *Folha*, com caras e bocas, em um ponto de ônibus de uma grande cidade brasileira, a expressar o fatalismo da espera interminável pelo transporte que nunca chega, Vicente pensou: "A velhice aqui é o pior entre todos os narcóticos. Só mesmo uma bombinha para aliviar o que se está comprimido." Sabemos até certo ponto que a idade avançada promove a meditação dos esquecidos para um avesso do Nirvana. É do nada em suas cabeças cheias de vazios que os idosos vão se orientando, como um barco solitário em um lago igualmente seco. E Vicente também concordou com o fatalismo filosófico que acabara de elaborar: diante da ação dos mais jovens, havia dentro dele um complexo de inferioridade. Às vezes temos que parar de elaborar e florear a reconstrução das coisas...

XIX

A polícia francesa foi acionada pelas autoridades brasileiras para encontrar a paciente Vilma Bicalho de Sena e a filha Helena de Jesus, nome de registro da menina abandonada na maternidade do Hospital Santa Casa de Misericórdia, 52 anos atrás. Agentes da Polícia Nacional Francesa também foram escalados para ficarem de prontidão no Museu do Louvre, à espera de localizar as duas brasileiras, que deveriam ser imediatamente deportadas para o país de origem. Sem saberem exatamente o porquê da determinação, os agentes passaram os dois últimos dias da lua cheia captando, com câmeras fotográficas, o rosto de cada visitante da esquina que expõe a Vitória de Samotrácia. Nenhum sinal delas.

Os homens da Polícia Nacional só se esqueceram de cumprir o dever da vigilância no período não permitido a visitas comuns, ou seja, quando a lua é dia. Seria nesse período de tempo que os movimentos da Virgem, a Vitória de Samotrácia, se fariam sentir como nos fluxos da escultura flutuante *Pas de Deux*, de Daniel Wurtzel, exposta no Museu do Amanhã, na cidade do Rio de Janeiro, escultura esta que corre ou voa por outros museus mundo afora.

— O espetáculo das duas bailarinas, dignas representantes das fusões que especulam soltas as demandas do universo, deve ser coisa de outro mundo, disse baixinho, quase sussurrando, o Dr. Adhemar, a um funcionário do museu francês, fascinado com a revelação da história contada pelo médico e, desde então, cúmplice nas entradas fortuitas de Helena ao espaço que sempre a deixou vivamente à deriva. E ambas voavam com os esquecimentos: sem sombras e nenhuma gravidade.

XX

A velhice é do Caribe!?

O leitor que chegou até aqui deve estar se perguntando se velhice seria o que é narrado neste livro. O que diriam os idosos bem resolvidos, produzidos e produzindo, repletos de alegrias e senhores de uma nau maltratada pelo tempo, mas que, pontualmente, atraca em uma sombra caribenha?

Os parcos exemplos de vida assim, repleta de graças, transbordam no imaginário de muitos que, no fundo, desejam também se expressar da mesma maneira quando estiverem nas últimas curvas da vida. Para os exemplos citados há uma convergência de fatores que acabam por realizar esse sonho. Filhos criados no seio de valores e assentados na vida, renda mensal que dispense o sacrifício de terceiros, resignação e resiliência como parâmetros de humildade, bondade no coração e, principalmente, tratamento com respeito, ser considerado referência de vida e não como um débil idiota que precisa ouvir milhões de vezes não, não e não.

Sabe quando você passa dos trinta anos, mora sozinho e tem espaço para deixar as coisas do seu jeito? Imagine, então, uma pessoa com o triplo da sua idade, sem poder ser e fazer parte da baguncinha com que está acostumado a conviver, por mais de sessenta, setenta anos!

O fato é que essa explicação cai como uma luva entre os idosos, que recebem apoio de crianças e jovens por conta disso. Mas o assunto não encontra a solidariedade daqueles que estão mais próximos dessa idade tão tenra. Entre os adultos de trinta a cinquenta anos, vovó e vovô são uns sem noção.

— Eles, sim, deveriam ser os primeiros a irem voluntariamente para uma casa de acolhimento! Que saco...! – diriam.

A história deste livro não é um jogo de varetas para os que sofrem do Mal de Parkinson. Até porque existe uma vila em João Pessoa, na Paraíba, que abriga pessoas idosas com o apoio escancarado dos moradores. Detalhe: no refúgio da Cidade Madura – nome do lugar – não existem cuidadores ou funcionários do gênero, somente o pessoal de apoio.

Na Espanha, idosos criaram repúblicas para viverem com os amigos, o que é uma ideia genial. Mas este livro quer ir além da palavra cruzada, do sudoku, da dama, da bocha e do carteado. O propósito é contar a angústia de Vicente, que convive bem com os seus esquecimentos, mas recebendo em troca o esquecimento doentio de todos. A mesma vida que não costuma lembrar as pessoas da morte dos seus neurônios. O que, algumas vezes, é bênção.

XXI

Em Minas Gerais, perder tempo pode ser perder um trem. Um trem pode ser um botão de camisa, um Porsche, remédios, um pijama ou a locomotiva Vera Cruz. Perder o trem, como quem perde o bonde, é confessar ser de Jaçanã e estar atrasado na vida. Como cantaria o bom e velho Demônios da Garoa, no samba do Adoniran:

> Não posso ficar nem mais um minuto com você
>
> sinto muito amor, mas não pode ser
>
> moro em Jaçanã,
>
> se eu perder esse trem
>
> que sai agora, às 11 horas,
>
> só amanhã de manhã...

E como os modismos sobrevivem apenas às pessoas dos 7 aos 45 anos, se muito, a vida, às vezes, passa levando também os trilhos. E como numa animação de computador, o magnetismo em suspensão e o teletransporte, o bonito Sr. Néstor havia perdido alguma coisa em algum lugar e há muito tempo. O trem seria um caso.

Cubano, nascido nos arredores da capital Havana, Néstor era homossexual, daí o seu jeito de ser: de beleza certinha, barba bem feita e nuca raspada a lâmina. Sua pele clara e seus trejeitos acabaram por desencadear o preconceito do socialismo praticado na ilha de outro Néstor, o pianista e maestro Néstor Lombida. Este, bem conhecido pelo mundo do *jazz* e agora cidadão mineiro de todas as esquinas.

Néstor Soares Nadal acabou em Macacos, por não poder mais contar com o companheiro Solano Nabuco, em final tão próximo. Os dois se conheceram em uma banca de flores do Mercado Central de Belo Horizonte, depois de serem despejados da mesma Cuba. E ele, Néstor Nadal, intuía que a velocidade é mais veloz nos idosos. Estariam todos na eternidade, no vácuo e na contra dinâmica da inércia. Deixava claro que velocidade é uma coisa e urgência é outra bem diferente. Também, confessava, não via mais motivo para namoricos e romances com um espécime de mesmo gênero. As histórias também são implacáveis com os que freiam, se abandonam e enquadram o amor com o filamento vago das paixões. Era-lhe doído ter imaginado que um dia seriam felizes para sempre, sem a familiaridade dos descendentes. Uma criança talvez fizesse o quadro mudar e suplantasse a individualidade de se viver apenas em dois. Pior era não ter certeza das coisas. E, convenhamos, uma simples coincidência na floricultura do Mercado também não quereria dizer absolutamente nada.

XXII

Vicente, que andava cansado de tudo e de todos antes de ser levado à clínica, agora sentia um dilaceramento da palavra cansaço. O que ele pensava sentir era, sim, a sobrecarga de uma repetição de erros. Como não encontrava forças para mudar as coisas ou para mudar a si mesmo, o fenômeno levou-o para certa estante de uma biblioteca de mesma idade. Empoeirado, sozinho entre os demais objetos da vida, o jornalista foi inadvertidamente encapsulado ou, no caso do Vicente, encadernado pelo tempo. E o tempo também o esqueceria, assim como a biblioteca é dos esquecidos. Pior: a matéria de que ele é feito, pouco consumo há de ter, na letra V! O "V" de Vicente pertence aos épicos das vitórias, da expressão "vivacidade", do grito dos atletas: "Vamos!"

E o que isso quer dizer? O tempo, assim como uma vida, tem o seu espaço próprio. Nascemos, vivemos, morremos para que um novo ciclo continue o que não nos é mais possível abraçar. Se viver é preciso, morrer é ainda mais necessário. No caso do coitado lamuriento, o problema não era a morte em si; mas os acertos sendo adiados infinitamente, como muito bem observado em "Cantigas para não morrer", de Ferreira Gullar:

Quando você for se embora,

moça branca como a neve,
me leve.

Se acaso você não possa
me carregar pela mão,

menina branca de neve,
me leve no coração.

Se no coração não possa
por acaso me levar,

moça de sonho e de neve,
me leve no seu lembrar.

E se aí também não possa
por tanta coisa que leve
já viva em seu pensamento,

menina branca de neve,
me leve no esquecimento.

Como se lê no poema, havia, no sujeito principal deste livro, um quê de "se", um deletar-se da vida que justificadamente o esquecia. Vicente era de todos os livros, de todas as palavras, de jornais, revistas, folhetins e slogans da publicidade. E não seria ele se não pudesse mergulhar na história encantada de Dona Vilma, como se quisesse pertencer à lua cheia de algum lugar. Exatamente como fez a própria na esquina do Louvre, grávida da mais emblemática escultura do universo.

— Como estaria a Dona Vilma? A filha torta e monga estaria viva? Viva permanece a Vitória de Samotrácia, claro, naquela áurea de mármore e seda. Quem sabe a menina não resistiu e, assim, liberou a virgem do Louvre de uma depredação, do terrorismo ou de uma reação que não podemos imaginar, como se a guilhotina dos tempos que a capturou das ilhas gregas fizesse o favor de deixá-la viver a eternidade da arte. Afinal, a arte não precisa ser otimista. A arte é a resistência e a alma de seu criador.

Vicente era e continua assim: prolixo e poeta.

Vicente não corria riscos. Sempre adiava o que podia, diante de uma ação eficaz dos seus próprios desejos. Digo por aí e aqui – o que está muito em voga – que o boicote era a primeira coisa a entrar nos desígnios do nosso principal personagem. Havia nele, volto a repetir, certo complexo de inferioridade diante de uma ação qualquer. Observe que até o vício de jogar na loteria era forma de postergar infinitamente o que é urgente. "E as coisas são urgentes na urgência dos segundos que se vive, Sr. Vicente! Acorde, homem!"

E o que seria mais urgente no caso dele, hoje? Fazer chegar a sua história à avenida das contestações. Nada mais apropriado para isso do que sugerir o assunto que atormenta o pobre para algum blog, pois a sua divulgação certamente viralizará nas redes sociais. Na hora, uma tormenta de desavisados chegará à clínica para verificar, revirar tudo e investigar todos. Mas, mergulhado não se sabe em quê, Vicente, que tanto se familiarizava com as contextualizações de suas reportagens, não conseguia ver além de si mesmo – estava colado na estante a que se elevou.

***

Estamos adiantados na história e o leitor ainda não sabe como é a fisionomia e o jeito do jornalista Vicente Fagundes de Paula Neto. Alguns dirão que nem seriam necessários pormenores sobre o sujeito que, de certa forma, cada um vai desenhando o esboço de um homem de meia-idade, acima do peso, barba por fazer, olhar triste, bico de coruja, coluna ereta... como num quebra-cabeça. O certo é que a imaginação vive no interlocutor que, geralmente, permanece adormecido em nós. O indivíduo Vicente há de se parecer com alguém que conhecemos. A arte encontrada mais facilmente entre os chargistas, está em nós de alguma forma. Somos todos capazes de sugerir um corpo – mesmo que vago – a um personagem tão comum hoje em dia. Como cartunistas amadores, talvez nos debrucemos em uma folha em branco para extrair, com os traços de um Lan, por exemplo, um Vicente que fosse a cara do Zé Colmeia, do Barney ou do Amigo da

Onça – todos bem mais velhos, claro. Outros dirão que ele é a cara do seu Floriano, o vizinho da vovó, que também lembra o zelador do condomínio. Então, não me cabe aqui revelar a pessoa física do jornalista. Como é bastante conhecido nas "praias" de Minas, garçons, prostitutas, colegas e os que frequentam o circuito de bares da capital mineira, haverão de saber logo quem é e apontar-lhe o dedo, como flecha no alvo. Nesses dias tão digitais, prefiro ser a resistência que encerra o filme *O círculo*, com Tom Hanks no papel principal, a expor uma história com a pretensão idiotizada do destino, publicando apenas o lado pobre coitado da notícia. Afinal, esquecer é coisa do nosso tempo.

Confesso que as narrativas do jornalista sempre me foram caras, bem encaixadas no que pensamos ser uma história bem contada. Daí estar eu a remoer se devo ou não ajudá-lo na busca da verdade. Ou da versão do próprio, se ela, a verdade, for a que mais encontra eco dentro dele. Mas estender-lhe a mão agora seria precipitado. Aprendi com o jornalista, que em um trabalho de reportagem é preciso tempo e maturação para se chegar à publicação. Que se represarmos informações relevantes, a matéria ganha força e massa para exercer toda a eletricidade decorrente de fatos que, na maioria das vezes, devem ser cronologicamente enfileirados. No caso de um livro, se eu ajudá-lo, neste instante, a história se esvai como se houvesse inúmeras rachaduras em sua estrutura. "Gota por gota, grão por grão, pé por pé, degrau por degrau", palestrou Vicente em uma apresentação na faculdade, anos atrás. Assim como ele, não sou e nem serei um expoente na arte do jornalismo diário. Prefiro o jornalismo literário ao *deadline*, o *lead*, à manchete, como *slogan* de publicidade. Confesso: não tenho essa capacidade de síntese e, nesse ponto, eu me pareço muito com Vicente.

Quem sou? Sou um cuidador de idosos. E vim atrás do Vicente por dois motivos: primeiramente, sou dependente químico. Aqui não preciso subir o aglomerado da Serra, enfiar-me na favela Santa Lúcia ou ficar esperando o avião que atende na Pedreira Prado Lopes. Na clínica, tudo fica melhor resolvido, de graça e de forma absolutamente "legal". Acredite: tive que colocar a palavra legal entre aspas para conseguir publicar essa parte do livro... (A censura do politicamente correto é implacável nesses tempos bicudos). O segundo motivo é a confecção de uma biografia do professor. Depois que o vi sendo arrastado como um leão marinho para dentro de uma ambulância, era imperioso chegar até aqui com a minha motocicleta. (Na verdade, a motocicleta não é minha. Eu a roubei da garagem do Vicente). O que Vicente passou a contar aqui dentro, passou a ser verdade por conta do que presenciei. Acredito piamente que o jornalista foi vítima de pessoas inescrupulosas, que se devoram nas vezes em que um idoso toma forma de elefante em suas cristaleiras. Daí, consegui o emprego por intermédio de um fornecedor de drogas que praticamente vive aqui. Prudentemente, prefiro manter sua identidade em sigilo, em benefício próprio. Sem ele, fico a pão e água, como temia Dona Vilma, no repartir das encomendas. Quanto às anotações do professor, elas estão temporariamente comigo. Farei uso especialmente nas vezes em que o pensamento silencioso do professor ilustrar melhor esta história.

Por fora, Vicente é tudo isto que foi dito, acrescentado daquilo que o leitor imagina. Porém, o jornalista deixou de ser Vicente há muito e muito tempo. Ao reescrever as reportagens depois de várias intromissões editoriais, ao sucumbir a ingerências de pessoas que se achavam melhores e (à catarse) desdenhavam dele para se fortalecerem em uma redação, ao sentir a censura de assessorias políticas de alguns poderosos travestida de prioridade democrática, Vicente foi ganhando máscaras, como o pó compacto que lhe era aplicado diariamente. (Um rosto brilhando na tela é uma face suja do telejornalismo). No jargão comum da gramática do jornalismo, Vicente foi corrompido pelo sistema. Mas também era um sujeito sincero, frágil – como um beija-flor. Longe das flores, ele foi se deglutindo e se carcomendo até perder totalmente a capacidade de ser o que nunca deixou, sinceramente, de acreditar. Porém, longe de ser um troglodita da gramática do sofrimento.

Nas situações clínicas mais conhecidas da psicanálise como histeria, neuroses, surtos, perversão, paranoia e outras exploradas hoje em dia, Vicente não se encaixava. Embora tenha desistido de si há muito tempo. Talvez para tentar observar-se como personagem com os obstáculos da superficialidade praticada. E como tudo acaba maquiado no jornalismo mineiro, Vicente também acabou sendo devorado pela superficialidade da sociedade que o consumiu. Na verdade, nem ele tem certeza de não ter feito as coisas que dizem que fez. Ao contrário do que pensam, o esquecimento não está na categoria clínica aplicada ao sofrimento psíquico. Mas o seu aparecimento seria uma espécie de defesa do organismo contra o magnetismo das maquiagens superpostas.

Um homem assim não merece um tostão furado, o leitor deve estar pensando. Ou não?

Vicente era mais que isso. Das paixões que só o sentimento de amor é capaz de traduzir, ele guarda na memória duas mulheres e um cachorro. Da infância mais ou menos pobre, Vicente lembra-se bem de uma menina que lhe tirou o prumo e foi a sua principal assistente nos dois únicos gols que conseguiu marcar em toda a vida. Ah, os olhos vidrados de Danielle! Da arquibancada, no ginásio do Colégio Arnaldo, ela praticamente lhe apontou o rumo do gol. Em duas jogadas de pura sorte, o bravo garoto foi lá e conferiu. Mas Danielle foi embora para San Martin de Los Andes, na Argentina, e nunca mais deu notícia. Dizem que lá sente-se um frio patagônico e que o lugar é deslumbrantemente lindo.

A cadela Lacy foi uma pastora belga que parecia entender tudo o que o menino sentia ou desejava. Mas a carrocinha a levou para dar lugar a bolinhas de sabão. Poeta desde sempre, Vicente via na dispersão das borbulhas de amor, que Lacy tantos segredos guardou no seu intransitivo universo canino, que a passagem dela do seio da terra para um finito ploque multicolorido, também fora um instantâneo click fotográfico. Desde sempre, guarda na memória curta, a alegria peluda de quatro patas.

Rita de Cássia, na vida adulta de ambos, foi "a" mulher. Essa realmente fez alguma diferença nas diferenças que tinham entre si. Ela, filha de família rica e magnetismo de uma princesa, era muito pasto para um cavalo solitário e já cheio de convicções duvidosas. Chamo convicções duvidosas o jeito de ser do bonito rapaz de 21 anos, porque ele dissertava sobre todos os assuntos, mas nada sabia sobre o que realmente queria. Carregava nos ombros o peso da máxima "cuidado com o que tu desejas..." E acabou adiando convicções e certezas. Rita também entrou no bojo dos seus esquecimentos. Fenômeno até hoje não explicado por ele, diga-se de passagem. Mas foi melhor assim. Ela não merecia um sujeito tão instável quanto ele.

Porém, Vicente está vivo e planeja, neste momento, uma fuga espetacular da clínica geriátrica de apoio ao idoso Razão e Sensibilidade. E eu vou ajudá-lo. Devo ou não devo? - Se a gente deixar, Vicente, a inércia toma conta. Ah, por acaso você se lembra do slogan dos cigarros Minister? Para quem sabe o que quer... Dizem que somente três por cento das pessoas no mundo sabem o que querem...

3

XXIII

Dois carros pretos com luzes vermelhas no teto estacionaram no pátio da clínica. Luzes vermelhas dessas que o policial tira e coloca quando entende que deve chegar chegando ou mesmo para uma simples inspeção. As luzes intermitentes dão volta sobre si mesmas como num *roll on* utilizado em desodorantes, do tipo Giroflex. No primeiro carro, estava escrito "Polícia Federal"; no segundo, nada que o identificasse.

— Um uber black –, ironizou Vicente.

Os policiais entraram na clínica com um mandado judicial à mão, para averiguações e coleta de depoimentos dos intimados já nomeados: Dr. Orácio Nicácio, a nova enfermeira chefe, Dona Maria Ignês; o geriatra assistente, três cuidadores, com atenção especial para o Bruno Henrique, responsável pelos cuidados médicos do desaparecido e cinco pacientes: Vilma, Matilde, Vicente, Pinheiro e Zé Dirceu. Como Vilma também desaparecera, não houve uma quinta pessoa dos internos convocada pelos profissionais da lei. Até porque o documento judicial citava nominalmente as referidas pessoas, não podendo, portanto, ser incluída a convocação de mais ninguém.

Dr. Orácio Nicácio chegou 50min depois da polícia, certamente alertado por alguém da clínica. Logo de imediato, os policiais Sergio Morada e Dante Calixto foram colhendo depoimentos dos citados na lista pré-definida, enquanto outro ia revirando os documentos de internação do Dr. Adhemar Seabra Mendes da Silva, coitado, vítima de um enfarto do miocárdio na Gare du Montparnasse, em Paris. Com a minúcia de quem procurava documentos formidáveis, a polícia técnica vistoriou o quarto que era também do jornalista Vicente.

Pouparei o leitor dos pormenores burocráticos e das perguntas usadas no interrogatório, já conhecidas em inúmeras séries de TV. Fuçando daqui, fuçando dali, os depoimentos seguiram sem contratempos. A não ser quanto à estranheza do chefe da operação, o delegado Matheus Valverde, ao ver um amigo de vários comboios (bate & fica e bate & volta) de motocicletas promovidos pelo H.O.G. Harley-Davidson. Valverde cumprimentou Vicente sem demonstrar entusiasmo ou intimidade. Se o harleyro estava em uma clínica de idosos, não contando sequer 70 anos, deveria ser por algum problema que ele, delegado Matheus, desconhecia. Naquela situação, fazer perguntas, até as mais corriqueiras, traria constrangimento para o lado mais frágil. E aquele momento, inesperado para ambos, era claramente delicado.

Vicente sentiu a desconcentração do ilustre delegado, do *road captain* que liderava os motociclistas em viagens Brasil afora e, sem explicar o motivo, decidiu, naquele instante, não revelar detalhes do sofrimento que lhe foi imposto. Queria poder abraçar fortemente o amigo, como é costume em moto-clubes, chorar em seus ombros, pedir-lhe socorro: que investigasse o seu caso, aquele lugar desprovido de caráter, ética e personalidade; mas a vergonha, irmã gêmea do verbo "adiar", deixou-o mudo e novamente sem ação. Queria pisar fundo no acelerador, equilibrar-se encarando brisas e tempestades, ter domínio completo sobre a velocidade e o perfeito contraesterço praticado nas curvas da vida; sentir de novo o vento a caprichar entalhes de uma idade que ainda esconde os frisos da velhice – que apenas desacelera os ímpetos, a coragem e o destemor. O destemor de pertencer a uma tribo de homens que, como ele, naquele momento, tocam as suas máquinas num balé treinado e repleto de orgulho.

O diálogo entre os dois se deu assim:

— Sr. Vicente Fagundes de Paula Neto, bom dia. O senhor conheceu o Dr. Adhemar Seabra Mendes da Silva?

— Sr. Delegado, só hoje fui apresentado a esse pomposo nome. Mas se o senhor se refere ao homem grande que morou comigo no quarto 3D desta comunidade, sim, eu o conheci. Embora o avistasse por inúmeros dias no quarto onde ele sempre dormia, o meu prazer em conhecê-lo ocorreu no baile, próximo à recepção, no momento em que ele resolveu levar a Dona Vilma para um tratamento médico de emergência.

— Ainda não entrevistei os profissionais desta casa, mas pelo que sei, a história que contam sobre o Dr. Adhemar ter se levantado para socorrer outra pessoa – a senhora Vilma – seria fantasiosa!? O senhor reafirma o que me respondeu na pergunta anterior?

— Sim, Sr. Delegado.

— Hum... por que o senhor está nesta clínica? Sofre de algum distúrbio, tem problemas físicos ou mentais?

— Estou preso aqui há mais ou menos seis meses. Na verdade, não sei por que fui trazido para cá. Minhas faculdades mentais são absolutamente lúcidas embora, como o senhor bem sabe, eu sofra pequenos períodos de fraca memória.

A conversa com o delegado foi melhor do que supunha a sua famigerada esperança. Mal começaram a falar sobre o médico Adhemar, vingou a possibilidade de um desfecho diferente para a vida que caminhava ali, sem nenhuma expectativa. Se tudo corresse bem, os policiais não mais ficariam restritos à investigação do caso Adhemar com o seu consequente óbito, mas abririam um campo de investigações para o drama vivido não só por ele, mas também pelos outros internos, devido aos estranhos procedimentos realizados na clínica. De certo o delegado Matheus retornaria para atender às solicitações do irmão motociclista ou, no mínimo, alertaria a Polícia Civil para o chamado urgente de alguns pacientes de uma clínica de idosos em Macacos, distrito de Nova Lima.

3

XXIV

Ah, o pão de queijo, o café, a torta holandesa da Fanny! Vicente enchia a boca para falar do bom e velho fogão a lenha das fazendas de Dom Silvério, do frango com quiabo de Dona Sinhá, do feijão tropeiro do Mineirão, da goiabada cascão com queijo do Serro, da feijoada no Pinguim, da costela com mandioca no Rola Papo, do ancho e do Wagyu do Geraldinho, no La Macelleria, do Mercado Central – a praia dos mineiros e monumento consagrado ao deleite dos incontáveis sabores de Minas Gerais. Isso, para não falar das belas mulheres da Savassi, da confraria Adore, do chef Fernando Castanheira; dos encontros e desencontros no Pátio, do bendito frisson das sapecas meninas da Skorpius, hoje fechada. "Eita crise feia! Quando se fecha puteiro é porque a zona está completa." Vicente também lembrou-se das viagens à Praia do Forte, em Mata de São João, município vizinho a Salvador, na Bahia; das cervejas artesanais na feira do Jardim Canadá, dos vinhos portugueses e do bacalhau do Baltazar. Ah, Lisboa, Estoril e Coimbra e o endereço para se viver eternamente em Cascais! Isso, sem falar das estradas até as cidades históricas de Minas, de Diamantina, de um dos melhores encontros do motociclismo nacional em Tiradentes e em São João Del Rey.

Vicente acreditava-se, naquela manhã, mais fora do que dentro. Estava em Paris, em Firenze, em Veneza. Depois de ouvir, durante a noite toda, ais, uis, meu Deus, meu Deus e todo tipo de queixas dos internos da clínica, o sonho lhe parecia verdadeiro. Tinha certeza de viver naqueles lugares todos porque pensou, imagine leitor, estar ouvindo o som do riacho vizinho à clínica, apenas como trilha sonora de seus sonhos. Mas havia uma respiração diferente na cama ao lado que, de certa forma, atrapalhava o deleite às vísceras da liberdade. Como era de costume, o jornalista soltaria uma de suas pérolas em direção ao novo vizinho, mas Vicente, até para sobreviver ao próprio drama, preferiu continuar calado. Lembrou-se também de coisas do dia a dia, do pão sem glúten e bromato de potássio da padaria (mesmo assim, delicioso), do Leo Barbeiro; de esfregar e fungar no corpo das frutas, dos odores do coentro e do manjericão na feirinha orgânica da Avenida Bandeirantes. À esquerda, como quem vai em direção à Praça da Bandeira, as lojinhas de loteria; ah, dispendiosa lotérica e o prêmio, que é seu por direito. Quarenta e seis milhões de reais, sendo gozados pelos filhos e por Cândida. E rosnou, como o leão com que sonhara na mesma noite, em presságio às apostas. E despertou amargamente.

Mirou o ambiente em que acabara de acordar e de novo ouviu a respiração ursante do inquilino à sua esquerda. Virou o pescoço para ler o nome do sujeito e viu que a placa de madeira com o nome Adhemar estava no mesmo lugar e agora com aspecto de lápide. Quem seria o novo vizinho? Qual seria o estado de saúde dele, sua história, sua cidade natal, de qual família sem tempo e zelo ele seria?

De repente...!

— Murilo Manso de Lima, filho de Curitiba, como o juiz Sérgio Moro, ao seu dispor –, disparou o pequeno homem de voz de barítono.

Vicente escutou a inesperada apresentação de quem parecia dormir profundamente, intrigado com a ideia de como uma pessoa de porte tão pequeno podia ter voz tão potente e empostada. Murilo ajeitou o corpo e sentou-se, colocando as pernas para fora da cama. Dessa vez a cama vizinha era irmã gêmea da dele, Vicente, e havia mais espaço no minúsculo quarto, por causa da ausência dos cilindros de oxigênio do homem que devia estar naquele momento em convescotes angelicais. A voz de Adhemar estava gravada em sua memória recente: "Mocinha, deixe o Nicácio comigo", frase ouvida na noite do baile, no dia em que Vilma pediu-lhe socorro e misericórdia.

— Bom dia! Meu nome é Vicente Fagundes de Paula Neto e sou da terra do pão de queijo, não cabendo a esse humilde jornalista chamá-los de corruptos pelo sabor que encanta e pela fácil mistura de queijos selecionados, polvilho e calor – assados, mas ainda não processados.

Murilo riu do contorcionismo das expressões do mais novo velho amigo, salientando em sua expressão facial, aprovação para as belas tiradas.

— Como é este lugar? – perguntou Murilo.

— Prefiro não dizer. Só lhe adianto que Deus aqui é ainda mais silencioso. É Deus sendo Deus na pura expressão da palavra. Você grita, geme, zanga e xinga, emudece, ronca e morre e nada do sujeito lhe dirigir uma palavra sequer. Nem padre nós temos aqui, para nos dizer alguma palavra santa.

Aqui o leitor deve sentir a pausa que se instalou no pequeno ambiente, depois das apresentações entre Vicente e Murilo. O novo vizinho estreava a sua voluntária internação, convicto de que conviveria com pessoas de idades iguais e histórias de vida repletas de sabedoria e silêncios orgânicos. No entanto, a primeira coisa que aparece, no primeiro raiar de sol, é uma assombração ou alma previamente falecida – o que é a mesma coisa. Murilo dirigiu-se ao seu interlocutor para dizer-lhe em voz pausada e gutural:

— Deus está amargo porque está acorrentado em seu peito. Se aqui é ruim, pior seria dentro de nós.

Vicente ficou olhando para o sujeito como se alma penada fosse e de estatura insignificante. Educado, não quis estender o assunto, talvez por não identificar quem estava à sua frente. Refugiou-se no igualmente minúsculo banheiro.

Minutos depois de decidir-se a encarar o duende da voz empostada, Vicente puxou a cordinha da descarga, como nos banheiros mais simples do mundo, e saiu da toca para rever as mesmas pessoas de sempre.

O que estariam fazendo Zé Dirceu, Pinheiro, Matilde, os cuidadores? Lembrou-se de um desenho animado de sua infância e parafraseou: "Saída pela direita!" A voz que ainda fazia tremer os seus tímpanos precisava ser esquecida o quanto antes. E esquecimento era-lhe a coisa mais familiar do mundo.

O baixinho à sua esquerda não abriu os olhos para não constranger logo o primeiro colega da Instituição. Sabia que as suas palavras estavam ecoando por todas as lateralidades do jornalista, que precisava de tempo para ser novamente abordado. Novamente o tempo seria o fio da meada, mesmo desencapado e na fronteira entre o real e o imaginário.

A novidade na clínica era que a sala de leitura tinha, agora, dupla função. Embora o ato de ler nunca tenha estado ali de verdade, o silêncio das palavras iria se juntar agora a gemidos diferentes e a respirações ofegantes, porém mais próximas dos desejos de vitalidade. Em um canto da sala, a instalação de alguns equipamentos de ginástica atraía as atenções. Não pense, leitor, que a academia era fruto da boa administração da casa, não, os aparelhos foram doados por um dos internos: o Dr. Murilo, voz de trovão. Vicente encarou o fato com a picardia peculiar de sempre: o corpo atarracado do baixinho, talvez fosse fruto dos pesos levantados nessa bobagem de malhação.

Só faltava mesmo, nesta história, alguém para competir com o pobre Vicente. E competir – ele o sabia – não seria bom para ele.

O leitor deve se lembrar das peladas em Santa Tereza e no Colégio Arnaldo e do apito como instrumento de trabalho e única saída de participação do personagem principal deste livro, em campos de várzea ou em quadras de futebol de salão. Não ganhava e não perdia nos confrontos dos colegas da bola, não se empilhava com eles quando o gol acontecia, mas voltava para casa com a cabeça inchada de tantos cascudos.

— Juiz ladrão!

Era o que cabia ao garoto ruim de bola: ser o árbitro dos torneios e ouvir, como tal, as maledicências de gênero: "Apitou Armando Pinto Marques!", seguido das risadas de deboche.

***

O discurso de Murilo foi pegando entre os idosos. Dos quase sessenta internos, quatorze pessoas diziam-se lúcidas e engajadas. Aos poucos, ele introduzia certezas naquele ambiente aéreo e cheio de manias, depressões e silêncios mórbidos. O baixinho exercia uma liderança que, de certa forma, levava muitos desconfortos a alguns cuidadores e enfermeiros que, avessos a mudanças, nunca aceitavam virar a mesa. E zona de conforto é coisa que não se alia a uma estação de produção de oxigênio. Mas não havia nada a se fazer! Como ser contra àquela sutil revolução? Um passo depois de outro. Assim, Dr. Murilo foi ganhando ritmo no estreito entusiasmo de alguns colegas, com uma palavra mágica: "trabalho". Todos os envolvidos deveriam trabalhar para se apresentarem impecáveis e a casa que compartilhavam seria claramente beneficiada. E trabalhar significava vigiar, reclamar, consertar, fazer mutirões, parar de reclamar, sorrir.

— E, senhoras e senhores, estaremos todos no Facebook real da vida! –, disse a voz de apresentador de reality show. E continuou Murilo o seu discurso: "Que se danem os mal-resolvidos e os impenetráveis do politicamente correto! Se jornais e telejornais primam pela publicação de cobranças e de notícias que desagradam, desarranjam, metem medo às pessoas, é preciso que sejamos editores de nós mesmos. Se eles defendem, em suas linhas editoriais, a democracia dos ricos, por que idosos – nós, portanto – não podemos, igualitariamente, fazer o que os usuários da grande rede fazem: mostrar só o lado bom da vida?"

O homem parecia estar com o diabo no corpo. Seria Goebbels, o Mefistófeles do III Reich ou Pedro Bial? Entusiasmando e entusiasmado, o baixinho crescia em palavras, assim:

— Como em "Smile", de Charles Chaplin, sorrir é confrontar a degenerescência da velhice. Vocês são os Vicentes de suas páginas imaginárias e, assim, estarão também se vingando das frequentes mazelas da vida. Ouçam o que Chaplin, o velho palhaço, diria:

Não preciso me drogar para ser um gênio;
Não preciso ser um gênio para ser humano;
Mas preciso do seu sorriso para ser feliz.

— Felicidade pega! Então, mãos à obra! Sim, é preciso fugir da suposta realidade e da catarse que a mídia nos impõe. E nós podemos viver o que é legítimo sonhar. E mais: não devemos acreditar nessa baboseira de sermos adolescentes da terceira idade, que somos ridículos e outros adjetivos pejorativos em que os futuros velhotes tentam nos fazer acreditar. Esses filhos da gente ainda passarão pela mesma coisa. E essa é a vingança da vida. E se é da vida, é nossa também. Estamos vivos, e daí?

— E foda-se! – gritou Vicente, aplaudindo o grande baixinho.

Mas tudo não passou de força de expressão do jornalista. Vicente era da armadilha. Queria deveras acreditar no que acabara de ouvir. Sabia serem corretas as afirmações daquele locutor empedernido e convincente, mas dentro de si, sentia-se abandonado. E pior. Depois de seis meses colocando a culpa nos filhos, nas ex-mulheres – Cândida, especialmente; no judiciário que autorizou a pena de interdição sem se ater aos conluios dos seus opressores, no geriatra chefe do estabelecimento, o Dr. Orácio Nicácio, nas sinistras intenções dos funcionários, que se enquadram na reles categoria dos inocentes úteis, no corporativismo dos psiquiatras, na Polícia Civil que não aparece para fazer as devidas investigações; estava mais que na hora de rever os seus próprios passos pretéritos: o que fez, deixou de fazer, quais foram as suas culpas, a sequência de derrotas que acabaram por abater-se sobre a sua prole, como consequência. Sem falar em seus adiamentos constantes, nas convicções que vão ficando pelo caminho para dar lugar a outras convicções, todas de natureza etérea.

OK! OK! Mas o que mais ele podia elencar para enterrá-lo já, agora? Por mais que Murilo, com toda a sua agilidade mental e ação rompedora expusesse o cerne da liberdade, Vicente estava abalado demais para ser discípulo do baixinho.

— Que atire a primeira a pedra aquele que nunca pecou, ora bolas! – disse a si mesmo, tentando fazer de sua, a voz poderosa do vizinho.

Por falar em pecado, onde estaria Deus nessa hora de tamanha confusão? E, num misto de oração, súplica, xingamento, dúvida, incerteza, desespero, Vicente saiu às lágrimas para questionar Jesus, a Virgem Maria, os santos do candomblé e todos aqueles que permitem que as coisas fiquem como estão. E começou assim: "Por acaso, vocês imortais, envelheceram, um dia? Se se desgastaram, as coisas lhes são precárias? O tempo é a ruína do templo que este mortal, Vicente, imaginou fervorosamente que os senhores da Divina Providência teriam criado? Sabem de uma coisa? Pimenta no cu do diabo é refresco para as vis eternidades! Ei, Jesus, os diabos seríamos nós, pobres homens rumando para a sarjeta do tempo? Tudo em nome de uma renovação da vida, com critérios absolutamente duvidosos – até aos olhos da terceira ponta do triângulo? Aliás, esse aí também vive em silêncio. Fala alto, canta e grita, só se for por meio de raios e trovões! E eu deveria continuar Neandertal para tudo ficar como se fosse?"

Vicente, novamente em prantos, explodiu: "Quer fazer o favor de dizer alguma coisa, porra? Um ploque de uma única bolinha de sabão nesse universo em desencanto, Senhor!"

Vicente apontou o seu enorme nariz em direção à pequena janela do quarto, viu em primeiro plano as grades de ferro que davam para um muro verde. E como quem se inclina em oração, encostou a sua fronte no vidro que imediatamente ficou embaçado com a curta respiração que a emoção descompassada expelia, até ouvir trovões e ver raios em um céu cinzento e igualmente emocionado.

Seria aquele quadro, através de uma nesga da pequena janela, uma tela de arte com o santo nome *O silêncio*, assim como pintou Edvard Munch em *O grito*? Ou estaria ele, de novo, fazendo concessão para o santo Cristo?

Ele – o Cristo – que viesse onde Vicente estava e claramente lhe mandasse um aviso. O aviso podia ser uma blitz policial. Vicente imaginou policiais russos dando pontapés, quebrando mesas e cadeiras, puxando velhinhos pelos cabelos, tudo em nome da truculência stalinista. Um outro sinal seria o próprio Fagundes virando notícia e exemplo das práticas delituosas daquele ambiente; ou alguém lhe trazendo uma garrafa de vinho: o sangue de Cristo, talvez, como unção de liberdade.

Dito isso, o corpo do poeta relaxou. Mas era infame aquela associação e pecadora por demais – mas o diabo do homem estava desfalecido, ou quase...

— Senhor, o aviso pode ser um AVC de nível cinco! Até que os neurônios entrem em curto circuito e eu jamais consiga respostas às perguntas que tanto me humilham. Seria o último ato, a pedra filosofal do desencanto, o instante do infinito, meu Deus!

E os trovões dentro dele duelaram entre si, até Vicente perder as forças e ser socorrido pela filha Bárbara.

— Filha?! O que houve? Alguém morreu?

— Não, pai. Está tudo bem –, respondeu ela levantando-o do genuflexório improvisado diante da mesinha do quarto onde pousava a sua alva Nossa Senhora da Conceição Aparecida e o terço da Divina Misericórdia.

— Estou muito cansado, filha, e ainda perplexo com o que vocês fizeram comigo. Por favor, fiquem com todo o dinheiro que ganhei, eu não preciso de nada. Deixem comigo a minha identidade e o pouquinho de minha aposentadoria. Por favor, revertam essa história. Pelo amor de Deus! Eu juro, eu não darei trabalho a uma mosca...

— Pai, pai –, interrompeu Bárbara –, como posso pedir a sua desinterdição, se o senhor fala como se nós tivéssemos ficado ricos?! O senhor não quer deitar-se? Descansar um pouco vai lhe fazer bem, venha!

Vicente abriu a pequena gaveta da mesinha à sua frente e dela tirou a carta de Leila. Depois de ruborizar-se com o teor da carta, Bárbara encarou o pai com a pergunta mais próxima de um fenômeno que só acontece a uma mulher em momento tão doloroso: Quem é essa Leila?

— Leila não é ninguém especial. Ainda mais depois do que ela escreveu.

— Pai, não existem os tais quarenta e seis milhões de reais! Eu nunca soube disso. A nossa vida é... é a vidinha de sempre. E se o senhor quer saber, seus netos vão bem, obrigado. Henrique foi promovido, mas anda se enrabichando com umas sirigaitas do trabalho. Se houve aumento de salário, isso eu ainda não senti nas compras lá de casa. Ele deve estar gastando com elas.

— Por que você não trouxe os seus filhos? Eles pensam que o avô ficou doido?

— Na verdade, pai, eu vim a Macacos com a intenção de dar o troco no Henrique, mas desisti e acabei entrando na clínica.

— Filha, pelo amor de Deus, vocês forçaram uma situação. Eu estou bem, não mereço estar nessa antessala do cemitério.

— Pai, foi bom o senhor ter falado nisso. Como professora estadual, minha situação piorou bastante nos últimos tempos. Os salários são sistematicamente atrasados e há uma insegurança total nas escolas. Somos mais de noventa mil professores sem concurso público e, portanto, sem apoio da lei. E eu ando falhando para completar a mensalidade da clínica. A sua aposentadoria não cobre os custos. Então, pai, estou pensando em falar com os meus irmãos para acharmos um denominador comum para essa situação. O senhor sabe, é tudo por minha conta. Do bolso deles não sai um tostão furado.

— Santa crise, temei por nós!

A conversa entre pai e filha perdeu fôlego e gentileza no momento em que o avô fez perguntas sobre a idade dos netos e "Como é mesmo o nome dos meninos?" Foi o suficiente para a filha revoltar-se com o esquecimento ou o descaso do homem que também não se lembrava de seu aniversário. Secamente, concluiu: "Tchau, pai!"

Vicente observou que não foram as perguntas sobre a família da menina Bárbara que interromperam o diálogo entre ambos, e sim o que ficou lá atrás. Talvez os esquecimentos acumulados que acabaram identificados como descasos acumulados. Mas o pai de Bárbara era assim e nada podia ser feito. Nada que ele soubesse, pelo menos. Poderia ter tentado algumas vitaminas e minerais aminoácidos para ajudá-lo a ser mais atento com as coisas básicas da vida (A única vez que procurou fazer alguma coisa por sua memória foi em sessões esporádicas de psicodrama, como já dito anteriormente). Mas Vicente nunca foi ao médico especialista para tratar do que tanto incomodava a família, porque simplesmente se esquecia. Não se lembrava de marcar uma simples consulta. Já no caso da filha, o que conversaram tinha endereço: um baú no sótão de uma caverna enterrada no meio do nada, em Ilha de Pandora.

Porém, mais que o esquecimento e o descaso, eram o isolamento e a indiferença, a força centrípeta que o arrastava para o centro negro do tempo.

XXV

Fagundes agora tinha como missão, ser caçador de sinais. De uma forma ou de outra, Deus enviaria um anjo para avisá-lo sobre o caminho que deveria seguir. Seria por meio das inquietas nuvens e de suas várias dissimulações que os voluntários celestiais entrariam em contato com o húmus dos nossos corações. Nelas – as nuvens – pode-se ver as várias formas que embriagam a nossa imaginação: de caretas a símbolos, imagens, trilhas sonoras, trombetas, trombones e raios fúlgidos. E tudo isso teria uma explicação. Todos os dias, Deus envia à terra milhares de sinais com as mais variadas assinaturas do mistério. Contemplar tudo isso tem um preço e um preço muito alto para nós, humanos: a simplicidade. A fé, como já foi dito, pertence aos humildes de coração.

— E aos desfalecidos também –, ponderou o jornalista.

E como no inesquecível slogan da Rádio Globo FM do Rio de Janeiro: "Aqui você não ouve, você sente",

Vicente Fagundes de Paula Neto, depois de todas as provações e do indeferimento dos seus, finalmente achava-se pronto para sentir a presença de Deus. Mas sabia que o difícil viria agora: o mistério estava apenas começando.

Opa! Quem sabe Deus havia enviado até Vicente uma espécie de anjo com voz empostada, criteriosa em todos os fonemas e com a mansidão e a credibilidade de um padre? Anjo que, aliás, tem um nome até muito apropriado. Se o jornalista não estava enganado e a memória – sem querer – foi buscar nos alfarrábios do saber, "Murilo" quer dizer "pequena muralha", em espanhol. Seria aquele Danny DeVito tupiniquim, cabelos amarelados e ralos, rosto com pequenas manchas de câncer de pele, o tal mensageiro do Senhor? "Ai, ai, ai, Meu Deus! Acho que passei dos limites do delírio. Preciso ser simples e não simplório; ser humilde e não bicho do mato."

Dessa vez, um trovão forte clareou o quarto como se um raio adentrasse com energia para desmoralizar as maiores dúvidas naquelas montanhas de Macacos. Foi ensurdecedor. Mas o silêncio seguinte ao estrondo gritou como corrente por entre os pelos dos braços e das pernas num arrepio descomunal. Era, com certeza, um sinal.

Assim que surgiu uma oportunidade, Dr. Murilo foi chamado para uma conversa reservada. Murilo e De Paula não precisariam ir longe para um colóquio entre ambos, bastando somente olhar um no olho do outro no tímido quarto em que dormiam. Por entre paredes estreitas, mobiliário simples e nada que dispersasse sua atenção, Vicente deu início ao concentrado diálogo: "Murilo, bom dia. Minhas inquietações já o atingiram e você prontamente identificou o custo alto de sermos de um mesmo time. E, como adversário, serei um prato cheio para as suas goleadas. Diante disso e das dúvidas que me afligem nesse cenário de horrores que habita em mim, preciso saber com quem estou dormindo, por quê, até quando e se haveremos de nos dar bem, já que não vejo saída, por enquanto." – O narrador desta biografia está justamente pensando como o leitor. Esse posicionamento do Vicente parece coisa de gente bem mais idosa que ele, para dizer o mínimo.

— Sou todo ouvidos, caro jornalista. Você não perdeu o jeitão da coisa, pelo visto. Meu nome é Murilo Manso de Lima, sou de Curitiba, Paraná, tenho 73 anos, fui casado com uma mulher de nome Sofia e tenho dois filhos. Estou aqui voluntariamente porque acho, sinceramente, ser melhor aproveitado neste lar de idosos do que em minha casa. Sou engenheiro de produção de formação e garoto-propaganda (já velho) da felicidade. Sou feliz e pronto. Mas, por favor, não pense que estou pronto para tudo e para todos. Esse pronto é uma afirmação filosófica dos idos de Epicuro de Samos, que consiste em diminuir as expectativas sobre as coisas e o possuir, para que a simplicidade seja um sinal de prosperidade.

Vicente aprendera na escola da vida, a não interromper quem está com a palavra, ao contrário do que é ensinado nas faculdades de jornalismo, que estimulam intervenções. Daí nem um piscar dos olhos, muito menos um balbuciar de uma vírgula sequer para interromper o raciocínio do engenheiro. Até porque os idosos perdem o fio da meada por qualquer coisa. E prosseguiu Murilo: "Sou um homem bem de vida, graças a Deus. Conquistei tudo o que não queria, inclusive. E na casa de onde venho, moram cinco mulheres e um homem mutilado: uma tia de minha ex, a própria, a filha Suzana e mais duas sobrinhas. O homem ao meio é meu filho. Há muitos anos ele vem pedindo para fazer uma cirurgia de mudança de sexo e assumir de vez a sua possível homossexualidade. Até aí, tudo bem. Porém, depois de muito observar o comportamento do Caetano, percebi que a questão era bem outra. Primeiro, tentei demovê-lo de enfrentar o bisturi para capar os seus bagos; segundo, porque não aguentei a aprovação unânime das mulheres da casa para que o meu rapaz entregasse de vez as encomendas a um recipiente de aço inox de uma sala de cirurgia. O que fiz? Depois de muito pesquisar e até levá-lo ao psiquiatra para que ele revelasse os seus desejos, tive a notícia médica de que ele ouvia vozes e que estas comandavam o seu desejo de mutilação. O ouvir de vozes, segundo o profissional que contratei, era um caso típico de esquizofrenia e não de afirmação de gênero. Depois disso, tentei dissuadir a família, sem nunca ter podido expor claramente o que estava acontecendo. Eu era o louco, o esquizofrênico, o machista inveterado e um fora de época. Resultado: caparam o garoto. E ele agora quer implantar um terceiro olho no meio da testa."

— Meu Deus! Interrompeu Vicente, perplexo diante daquele drama vivido pelo colega.

— E por que você resolveu aplicar a si mesmo essa pena tão dura? Ficar entre quatro paredes não piora as coisas?

— Vicente, sinceramente acho que não estou aqui para cumprir pena nenhuma. Acho a clínica um lugar bonito, assim cercado por uma mata virgem vistosa e elegante e repleta de desafios. E você é um deles. Outra coisa: tenho alguns bens, cheguei a comprar apartamento em Salvador e casa em Praia do Forte, a uns cinquenta quilômetros do Farol da Barra. Também tentei namorar uma baianinha gostosa e carinhosa, mas dei para trás. Na verdade, eu queria que a moça me desse um filhinho homem, remédios em hora certa e algum sexo. Em troca, eu lhe deixaria a casa, o apartamento e uma quantia em dinheiro que desse para ela sustentar o menino até a sua formação acadêmica. Tudo muito bem planejado. Ah, e se eu passasse dos 85 anos, ela faria a gentileza de me internar em uma clínica de idosos e estaria livre para casar-se com quem bem quisesse. Até que desconfiei – e tive prova: Valéria, a gostosinha de Mata de São João, é bipolar. Imagine, meu senhor, ter um filho esquizofrênico e outro bipolar! Cansado e acovardado, engatei marcha a ré e antecipei-me a fazer o que mais gosto: trabalhar. E vi que vou ter muito trabalho aqui. Mas, o que me incomoda é conviver diariamente com a morte. Pelo que ouvi, a cada semana vai um para o xilindró do espaço.

Estupefato é a palavra que encontrei para definir os desconfortos de Vicente diante do que ele acabara de ouvir. Os dois levantaram-se ao mesmo tempo para um xixi e ambos se engalfinharam no minúsculo banheiro para dividir o mesmo vaso, embora o bilau de um ficasse quase na altura do ombro do outro.

— O pavoroso aqui, Vicente, é não ver um maiô sequer. Somos 57 bundas irrelevantes –, gracejou Murilo, gargalhando em seguida. E quanto a você, o que mais o aflige, homem de Deus?!

O jornalista contou-lhe a história já adiantada ao leitor neste livro e acrescentou: depois de tantos anos produzindo, dando duro, trabalhando mentes e corações, cá estou soterrado e devidamente lacrado. Sinceramente, não consigo encarar a vida com essa sua pegada, Murilo. Fui vítima, sinto-me vítima e, ao contrário do que sempre escrevi em minha profissão, estou cada dia mais sentindo-me vítima, por não encontrar serenidade e compaixão na injustiça que fizeram comigo.

— Vicente, pense um pouco: bacana se você é inteligente, se é bom caráter, trabalhador... mas as pessoas, inclusive os seus familiares, querem a sua humanidade. E o que é isso? É simplesmente amar. E tentar se lembrar disso. Eu sei que eles confundiram esquecimentos idiotas de um aniversário e que há pesos em superfícies frágeis, mas você precisa desviar o foco para tentar reverter isso. Veja bem: como você sempre lutou contra os seus próprios esquecimentos, tudo carreou para funcionar no trabalho que você exerce. Na verdade, você sentenciou-se a ser jornalista como forma de alcançar a aceitação das pessoas que passam mais tempo com você. Claro, é natural. Porém, chegar em casa cansado e ainda ter que fazer mais esforços para agradar a todos o tempo todo, não era concebível. Quer saber? O certo seria você não ter planejado família. Que fosse só e de todos, entende?

— Bicho solto.

— Ouça bem o que vou lhe dizer: Jorge Francisco Isidoro Luis Borges Acevedo, escritor argentino de ascendência judaico-portuguesa, mais conhecido como Jorge Luis Borges, cunhou a seguinte frase: Eu não falo de vingança nem perdão, o esquecimento é a única vingança e o único perdão. Sacou? Então, use o esquecimento como arma nesse momento da vida. Esqueça e pronto. Aliás, por favor, não se esqueça de esquecer.

— Preciso fugir daqui. Esquecer esses muros –, balbuciou o jornalista.

***

— Vilma e Helena devem viver acima de pobres mortais pelas cercanias do Louvre. Só de ser Paris, de pertencer à grandiosidade de seus monumentos, de estar entre os 12 milhões de habitantes da cidade-luz...

Nas contas que Vicente apresentava ao surrado papel de anotações que ostentava, como se ainda tivesse a posse de tudo aquilo que escreveu, o número de habitantes do mundo passa hoje de sete bilhões de pessoas, o que quer dizer: as duas mulheres brasileiras fazem parte de apenas 0,2 por cento do planeta. "Não é nada não é nada, não é nada mesmo", pensou Vicente. Depois refletiu, suspirou, pensou de novo. Tentou balbuciar alguma coisa e acabou por jogar-se como um *bungee jumping* aos apelos da capital francesa. Afinal, Vicente ainda sonhava em ver Paris ao vivo, e bem antes de morrer. E, como Vilma, ou pelo menos quase, engravidar-se da Virgem de Samotrácia e derivar sob o destino dos deuses. Só de ver em mármore e seda a mais bela obra do Louvre, já se sentiria inoculado com o vírus da história que Vilma lhe contou com vírgulas e sensações. Muito embora a história conhecida nos conte apenas a simetria engomada de uma estátua sem cabeça.

O entusiasmo de Vicente com a Paris que conhecia de ponta-cabeça por fotografias, internet, cinema e os seriados de TV, redefine a pessoa do jornalista. Pela precisão de seus comentários, ninguém diria que o homem nunca esteve por lá. E Vicente, para ser ainda mais incisivo, largava aos incautos colegas: "Paris é tudo, e também não é quase nada."

Por essas e outras, Vicente sempre acolhia uma história que pudesse ilustrar os seus devaneios. Nessas horas, a memória era-lhe formidável e ao esquecimento – como brinde – ele comparou a sua recente sacada sobre Paris a uma passagem do maestro Antônio Carlos Brasileiro de Almeida Jobim.

Tom, que detestava assinar qualquer tipo de contrato, morava em Nova York nos idos dos anos 1970. Ao ser convidado para uma temporada no Canecão, no

Rio de Janeiro, contando com a companhia do violonista e compositor Toquinho, do poeta e boêmio Vinícius de Moraes e da saudosa Heloísa Maria Buarque de Hollanda, a Miúcha, Tom, depois da pressão sofrida pelos demais colegas, saiu-se com essa para justificar a sua mudança de posição: "Nova York é bom, mas é uma merda. O Rio é uma merda, mas é bom". Resultado: o show, que deveria ficar em cartaz por quinze dias, foi um sucesso estrondoso por um ano inteiro.

Teria Vilma simulado as suas dores para ser devidamente socorrida pelo Dr. Adhemar?

— Armação ilimitada? – Logo veio à lembrança do também radialista, a série de TV dos anos 1980, como prova de que Vicente ainda não estava senil de tudo. A todo momento, lembrava-se de frases que fizeram parte de um passado absolutamente passado. Passado no sentido de estou pasmo, besta, sem reação.

Como ficaram as coisas: o filho da saudosa Vilma esqueceu-se da mãe supostamente internada em uma clínica tão próxima de casa, sem saber que ela, a própria, viajara para o exterior. Pasmem. Na investigação sobre o clínico morto na França, que também contemplava os desaparecimentos de Vilma e Helena, os agentes se esqueceram de, pelo menos, comentar o assunto com o filho Donizete. Que simplesmente sumiu. Realmente o esquecimento é ressalto nessas paragens, acuso aqui que nenhum dos idosos falava mais da colega, nem mesmo a confidente dela, Matilde. O Brasil também não procurava mais por Vilma Bicalho de Sena porque a nação, em tempos de foço e discursos superficiais de reação, sequer pode custear o trabalho profissional de agentes públicos. A Polícia Federal esteve na clínica para tratar somente do caso Adhemar Seabra Mendes da Silva, cujo nome de batismo – se é que foi batizado – era Adhemar Siebra Mendes Kalil, neto de mouros espanhóis e de ciganos que perambulavam pelo norte de Portugal. Informações estas só reveladas agora, pela própria Polícia Federal. Assim mesmo, para dar resposta ao processo aberto pela polícia francesa, visto que o homem morreu em uma estação de trem de Paris. Resultado: Vilma fora esquecida como convinha também a algumas famílias médicas que ainda exploram os louros das pesquisas realizadas "criteriosamente" por uma equipe da Santa Casa, cinquenta anos atrás.

Ironias à parte, não podemos afirmar se essas famílias foram protagonistas do descaso governamental, mas o alívio veio em boa hora. Ficar livre da incômoda situação finalmente fizera um bem danado ao legado de, pelo menos, três jovens médicos da unidade hospitalar. Para finalizar este capítulo, o acaso levou Vilma a refazer a vida onde tudo começou. Portanto, além dos muros esverdeados e das árvores multicores que cercam a clínica Razão e Sensibilidade, Vilma agora podia ver o outro lado da vida.

***

— Sr. Vicente de Paula Neto, bom dia. O senhor acaba de receber duas cartas, embora uma esteja geminada à outra, e o que isto significa, não saberei dizê-lo.

O jornalista pegou as cartas sem a cerimônia do agradecimento – nem um obrigado sequer – e passeou pelos remetentes até que o cuidador Geraldo Harry desconfiasse e picasse a mula. Geraldo esperou o agradecimento que não veio, por trinta longos segundos – uma eternidade para quem está absolutamente ávido para ler a carta do amigo delegado e das meninas Helena e Vitória. Qual carta ele deveria ler primeiro? Perspicaz, Vicente descolou o envelope assinado pelo amigo Matheus que, com certeza, teria acionado as meninas, incentivando-as a escreverem para o "paidrasto".

Caríssimo De Paula,

Como você sabe, não é de minha alçada proceder às investigações pertinentes ao drama vivido na clínica, porém, passei a incumbência para um delegado da Polícia Civil de nome Augusto Pinto. Dr. Augusto ficou de fazer o processo andar quando houver uma denúncia formal para que se possa atuar dentro da lei. Complicou? Não, de jeito nenhum. Diante disso, pedi aos nossos amigos do moto-clube para irem até as meninas Vitória e Helena, para que elas possam fazer a denúncia. Então, peço-lhe paciência. A coisa não vai ser resolvida de uma hora para outra. Augusto, que é lotado em delegacia de Belo Horizonte, me disse que precisa conversar com o delegado de Nova Lima, e que será o profissional da cidade do distrito de Macacos, o responsável a tomar as providências. Mas, de antemão, até para apagar o fogo da ansiedade, aviso que o município anda sem gasolina para abastecer os carros da corporação. Também temos que rezar para que um deles não desmanche no meio do caminho. Coisas do B..., deixa pra lá.

Não investiguei os seus filhos e Dona Cândida. O que fiz foi assuntar os arredores desse fazendão para saber da veracidade do prêmio. Dizem que realmente algo aconteceu no reino da Dinamarca, mas ninguém pode afirmar se eles vivem à Cabral. Mudaram-se do bairro. Talvez de cidade.

Outra coisa: para liberar o stress do amigo, convoquei o nosso pessoal das duas rodas para uma visita à clínica. Serão vinte e sete ou vinte e oito homens que deixarão atordoados os cuidadores... (risos). E assim, aproveitarão o ensejo para promover a fuga temporária do Old Vicent. Que tal um rolé pela Serra do Rola Moça?

P.S. Depois do que você me contou, não esperava ver sua motocicleta na garagem da clínica. Dê um jeito de dar uma carga na bateria, providenciar o capacete e checar se o combustível dá para se deslocar até a BR-040.

Hoje é dia 4 de dezembro. Então, esteja pronto para o sábado, dia 16. O Tunico, do Abóbora, ficou de fazer aquela costelinha marinada em goiabada, arroz com alho e a couve frita, só para atender ao amigo. Vamos, Vicente! Anima aí!

Abraços,

Matheus Valverde

Ah, outra coisa: Sergio e Dante serão os batedores no passeio. Coisa de profissional, como você sempre gostou.

Vicente fechou os olhos forçando as pálpebras contra o globo ocular, como se quisesse apreender a mudança de sorte que apenas estava começando. Calmamente, ele introduziu a carta no envelope que a trouxe, ainda de olhos cerrados, supondo que o pedaço de papel era o sinal de luz que tanto cobrava. No lado esquerdo do corpo, apanhou o que seria a carta da sua vida. As filhas do coração eram importantes demais naquele momento. Ainda mais agora, com a notícia do desaparecimento dos filhos legítimos. Era carta não e-mail. A linda letra de Helena, a mais nova, dava estética e harmonia ao conteúdo que leria a seguir. Nesses tempos de pouco lápis e muito teclado, ela deve ter sofrido um bocado para escrever sem o uso da tecnologia para consertar os erros.

Paizinho do coração,

Nunca imaginamos a situação em que o senhor se encontra hoje. Tanto Vitória, que está aqui do meu lado esquerdo, como eu, falhamos com o senhor nesses meses de profundo desaparecimento. Mas a culpa não é só do dia a dia, do trabalho, dos namoricos, da faculdade, das viagens. Fomos atrás do senhor, mas não tínhamos a menor ideia de onde estava. Seu Geraldo nos deu uma pista do lugar para onde o levaram, mas o alerta estava incompleto. Como procurar em todas as clínicas de acolhimento? Parecia impossível.

Antes de tudo, precisamos pedir-lhe desculpas pelo acontecido. Deveríamos, sim, ter corrido o mundo para achá-

lo. Nunca passou por nossas cabeças que estaria sufocado e tão precisado da gente. Confessamos, entre lágrimas (choramos copiosamente neste instante), que o nosso amor ainda é merecedor de seu perdão. Mesmo sabendo que fomos deixando pra lá, pra depois, sem mover uma palha sequer para encontrá-lo, e ajudá-lo no que fosse preciso. Que vergonha desse amor pueril, dessa geração do descarte, que descarta os laços e que nos leva ao coração da miséria humana. Não, não estamos exagerando. Deus sabe: nunca pensamos que um dia esqueceríamos do senhor e foi o que aconteceu. Por favor, nos perdoe! É importante para nós que o senhor nos estenda a Misericórdia do Cristo para seguirmos sem esse peso insuportável. Te amamos muito. No fundo, o senhor é tudo o que temos e o que somos.

Por favor, fique com Deus.

Belo Horizonte, 3 de dezembro de 2017.

Vitória e Helena

Os olhos estavam imersos em um soro de lágrimas. A verdade contida na carta era para deixar o diabo com as tábuas da lei sobre a mesinha de cabeceira, ao lado de sua cama ardente. Como não perdoar, compreender, deixar para lá tamanha confissão de descasos? Vicente ponderou dentro de si que tanto o descaso quanto o desprezo e o esquecimento são cópias gêmeas de uma humanidade que apenas reflete o que é indeterminado aos miseráveis.

E se não fossem os profetas? Exemplos como Buda, Ghandi, Jesus Cristo, Nossa Senhora Aparecida e, talvez, as novas entidades reveladas nesta história: Helena e Vitória de Samotrácia. Nunca havia pensado nisso, mas a coincidência de nomes deveria ser outro sinal de luz, e bem acima do que supunha a sua compreensão.

No fundo, Vicente concorria com a humanidade que criticava. Ele mesmo nunca pensou nas meninas. Não há, neste livro, a mais ligeira menção a elas, nos eternos instantes em que ele só se lembrava de si mesmo. Se tivesse a humildade de confessar às filhas, os seus próprios esquecimentos, os lados estariam quites, sem prevalecer uma réstia de perdão sincero. Ah, o esquecimento... regra básica da convivência humana.

XXVI

Depois de uma noite de sono, Vicente pôs-se a refletir sobre as cartas recebidas. O amigo delegado fora impreciso; as meninas procuraram se desculpar sem mencionar se fariam a denúncia ou se iriam visitá-lo brevemente. Quem sabe antes do Natal.

Com 60 anos, prestes a completar 61, portanto ainda na pré-velhice, o jornalista percebeu que aqueles últimos meses foram os piores tempos de um homem que ainda quer muito produzir e até encontrar alguém para envelhecerem juntos, quem sabe em uma praia na Bahia; um amor que coloque em dúvida os malfeitos contra ele. Não, não precisa ser mulher belíssima, mas uma fêmea interessante com nádegas e seios que desprezem a gravidade, cabeça no mundo da dança, da música, dos livros, do tênis, do motociclismo, do vinho. Ah! Os frutos do mar... que se interesse pela vida, em sexo e carinho. Mais carinho que sexo, obviamente. Mas como ele iria conhecer uma pessoa com todos esses predicados, vivendo entre mais de cinquenta idosos, muitos deles ultrapassando a casa dos noventa anos de idade? Para desconforto das famílias, as pessoas estão vivendo mais do que deveriam. Talvez os amigos do motociclismo levassem ao passeio do dia 16, no outro sábado, alguma coroa sensível, que pode não ser lá essa coisa toda como dito antes, mas que, pelo menos, olhe para ele com encantamento, como quem vê bolinhas de sabão.

Acho que este livro deveria chamar-se *Bolinhas de sabão*, pensou Vicente, afastando-se para fora da narrativa.

Macacos, 16 de dezembro de 2017. Finalmente chegou o grande dia. Vicente acordou com as galinhas, para esperar os amigos, ligar "a bruta" e serpentear por entre as curvas que ligam Macacos à BR-040. Dali em diante, no caso das motocicletas, a liberdade vai ficando pelo caminho. E o que vem depois é o futuro em forma de vento.

Coisa que esse narrador não imaginou: a escapada de Vicente. Pelo que sei, não havia plano de fuga à vista. Para onde ele iria? Como o jornalista sobreviveria com a miserável aposentadoria do INSS, administrada pela filha Bárbara, a sua curadora, que deveria prestar esclarecimentos e apresentar as notas de gastos a um juiz? Se não prestasse contas sobre os números que garantiriam a sobrevivência do pai, Bárbara certamente iria ser cobrada por isso.

Mas, e se o meritíssimo nem sequer fosse interpelado pelos contrários, a justiça iria atrás do número do processo para saber se estava tudo ok? Uma pergunta que deixa marcas de desalento e um sorriso sarcástico no cidadão Vicente Fagundes de Paula Neto.

Nós, jovens, sabemos mesmo muito pouco da vida. Confesso que o fato de não seguir carreira no jornalismo, ficar ocioso e não encarar a vida com as responsabilidades inerentes à própria, me fez um homem de pretensa esperteza. Mais romântico que prático, mais vidente que cético, mais um na margem do rio a boicotar as noites com substâncias psicoativas. E penso que um lado dessa história não estará devidamente contemplado. Mas, sinceramente, não sei muito o que dizer ou fazer.

Murilo armava a espetacular fuga de Vicente justamente no horário em que eu me ausento de tudo. Então, não sei se sugiro o título "Fuga & desaparecimento", como se quisesse inferir ao drama de Vicente algum chavão malagueto-literário. Acho que ando um pouco leso, exagerando em alguns medicamentos. Cunhar a expressão "malagueto-literário" para que o leitor sub-repticiamente entenda o apimentado da coisa, me parece um pouco ardido demais. Mas não voltarei a esse trecho para consertá-lo se, de fato, houver uma fuga que contemple a eficácia da ação. Por falar em ação, só falta Vicente engatar marcha a ré e desistir do destino traçado. Oxalá ele compreenda o sentido único das motocicletas que, por equilíbrio e natureza, não são veículos que andam de costas. Ficarei aqui, torcendo pelo entusiasmo do colega de Murilo que, pela primeira vez na vida, será um homem de ação.

A fuga: Ambos resolveram que, entre uma chuva e outra, chamariam os discípulos de Dr. Murilo para várias ações de jardinagem, limpeza da casa, socorro aos que teimam em ficar metidos em cocô e xixi, passeio controlado pelo lado externo da clínica com a intenção de colherem arbustos e plantas que pudessem melhorar o jardim, entre outros afazeres. Caberia ao engenheiro José Pinheiro ver o estado da motocicleta. Ele teria gente para encher os pneus, checar o óleo e o combustível, abafar o escapamento com ponteira silenciadora e dar partida para ver se a máquina respondia. Matilde ficaria com a incumbência de levar para um local da mata, uma terceira roupa para o jornalista. Teria que estar embalada em plástico dobrado para que o pacote não sofresse alguma violação de animais ou das intempéries da estação mais chuvosa por esses lados do hemisfério sul. Murilo emprestaria um casaco de couro e as chaves de sua casa no condomínio Ilha dos Pássaros, em Praia do Forte, na Bahia.

O plano: Vicente sairia com os amigos do motociclismo sem que eles percebessem o que de fato ocorreria posteriormente. Na volta, um homem de mesma estatura e com as roupas do foragido, iria até a clínica num sinal claro de que o De Paula estava devidamente entregue em domicílio e a troca da indumentária moto-ciclística seria feita ainda no toalete do Restaurante Abóbora. Tudo deveria corresponder ao que estava programado. Sabia Vicente que o moto-clube não iria encampar a sua verdadeira intenção. Que sendo ele devidamente "entregue" à clínica Razão e Sensibilidade, os motociclistas não imaginariam que o De Paula fez o que fez. E ao saberem da fuga sumária do jornalista, jurariam de pés juntos, caso descobrissem que eles protagonizaram o rolé até Casa Branca, que jamais, em tempo algum, promoveriam a desgraça de um colega.

Claro, os senões incomodavam Vicente. Omitir o plano do *road captain*, inserir um motociclista entre eles, usá-los como se fossem um bando de malfeitores, passava dos limites. Mas se contasse a verdade e eles não concordassem? Acabaria avaliando a possibilidade de jogar a sua moto para o mais impactante cemitério de veículos de Minas Gerais. O desespero esmurraria a porta de seu coração, ele tinha certeza disso. Portanto, ele e a moto Luna Azul voariam pelo desfiladeiro, do cume máximo da Serra do Rola Moça, como vingança aos nãos que sempre nortearam o seu vazio, num *bungee jumping* sem cordas. Não seria suportável ouvir nãos de homens tão destemidos. Homens que deixaram de fazer os seus habituais passeios para dar alegria e liberdade – mesmo que temporária – a um de seus membros mais antigos. – Foda-se.com.br! – irritou-se Vicente com os seus cabrestos.

Às oito horas em ponto chegaram as primeiras visitas na clínica. Helena e Vitória vieram trazidas pela aventura do moto-clube, com a intenção, inclusive, de ficarem com o pai durante todo o período de sua ausência. Elas ficariam no quarto como se estivessem fazendo companhia ao "paidrasto". Se chegasse um cuidador, o pai estaria no banheiro com uma dor de barriga daquelas.

Ao olhar para as meninas, ainda mais lindas que antes, Vicente ficou entre perplexo e orgulhoso. Finalmente, alguém da sua vida estava ali para vê-lo. Estava feliz, embora inquieto com a preocupação de que elas poderiam interromper o passeio ou atrasar o plano de fuga. Outra coisa: se ele não iria voltar, como elas reagiriam? Como o mundo dá voltas! Por um instante, pediu aos céus que Bárbara, Rildo ou Renato não aparecessem também. Dependendo das intenções dos filhos legítimos, tudo estaria perdido. Descartando essa possibilidade remota, Vicente preocupou-se com o caso de o alarme de sua ausência soar mais cedo do que o previsto, o que comprometeria a chance de desaparecer com alguma margem de segurança. E o cara não se emenda mesmo: no que pareceria a hora mais imprópria para divagações infames, Vicente se lembrou dos versos de "A dois passos do paraíso", da Blitz:

Fugiu, desapareceu, escafedeu-se!

Oh! Arlindo Orlando, volte

Onde quer que você se encontre,

Volte para o seio de sua amada...

Ela espera ver aquele caminhão voltando

De faróis baixos e para-choque duro...

A sacada musical foi interrompida pelo colega Murilo, que tratou de consertar os temores de Vicente apresentando a verdade às meninas. Pediu um aparte a Helena e Vitória, explicando-lhes detalhes da fuga. Em certo momento, uma delas iria até o refeitório pegar um prato de comida à base de peito de frango, sem muita gordura e sal, a ser consumido dentro do 3D na hora do almoço. Lá pelas 14 horas, Vitória e Helena sairiam da clínica comentando com os cuidadores sobre a indisposição do jornalista e seu merecido sossego. Um dia de fortes emoções era o slogan a ser dito em voz alta pelas filhas enteadas à saída da casa de acolhimento.

O ronco das máquinas desafiou o silêncio daquela mata cercada de idosos por todos os lados. O contrário não seria uma ilha para a liberdade. Uma a uma as motocicletas iam apagando no pátio externo da clínica, conferindo um êxtase infantil ao bom e velho De Paula. E com os olhos cheios de lágrimas, Vicente foi abraçado e beijado em seu rosto úmido, por todos os motociclistas. Eram trinta e um pilotos e quarenta e um seres da irmandade criada pelo mundo das duas rodas. Aglomerados na entrada principal da clínica: vinte e seis harleyros, três BMs e duas Ducatis. Algumas companheiras também vieram para o passeio. E Vicente riu ao lembrar-se do que a maioria dizia das esposas: rémoras no encalce e no calcanhar de seus amantes.

A chegada daqueles homens tatuados, longas barbas, jaquetas de couro com os mais arrepiantes símbolos da morte – e de igualdade, para eles – óculos escuros e caras de mau, quase enfartou cuidadores e idosos. O pânico de alguns era evidente, a indiferença da maioria dos idosos que já estariam vendo caveiras e mortes nas boas almas do silêncio, também fazia parte do cenário. A perplexidade da cuidadora Soraia, com os olhos ainda mais esbugalhados, estava cômica. O gargalhar de Matilde que parecia no último cio da vida, ao ver aqueles homens desproporcionais, era o quadro fecundo para o que Murilo e Vicente haviam imaginado. Daria tudo certo.

Depois do enorme burburinho na entrada, com duas ou três visitas assustadas, deixando para outra hora o encontro que teriam com os seus mais velhos, o que se viu foi uma clínica festiva, repleta de solidariedade, carinho, troca de gentilezas. Nunca tão perto do Natal, a clínica recebera tantos papais-noéis. Os brutamontes barulhentos eram dóceis, brincalhões, queriam saber mais dos internos, em que eles poderiam ajudar, o que da próxima vez deveriam trazer. E faziam *selfies* a contragosto da enfermeira-chefe, do doutorzinho geriatra Camilo Junior e do proprietário da clínica, Dr. Orácio Nicácio, que apareceu por lá sabe-se Deus por que motivo. Em quase sete meses, essa era a segunda visita do psiquiatra ao local que orgulhosamente chamava de "casa de acolhimento". Mas o clima era tão amistoso e febril que Vicente, em nenhum momento, se sentiu importunado com a presença do homem que, inapelavelmente, o colocou naquele recinto de velhinhos lunáticos.

O comando para que todos os motociclistas se levantassem de uma só vez se deu tão logo De

Paula despiu-se do pijama para entrar em surrada calça jeans, calçar as botas, vestir a camisa xadrez em amarelo, vinho e preto e, sobre ela, proteger-se com o sagrado manto de couro. Os homens o cercaram como se fossem todos um cardume de tubarões. Nada a partir daquele instante poderia dar errado. De Paula seria levado pela onda e quando todos estivessem na porta de saída ele seria o primeiro a colocar o capacete. Feito isso, o passeio estava garantido.

Este narrador gostaria muito de poder acompanhar o grupo e ver de perto a riqueza que os sorrisos trazem. Mas ficarei no silêncio deixado por eles, embora eu possa fazer uma coisa que o Sr. Vicente não poderia fazer, como capricho desta história: estar em dois lugares ao mesmo tempo. Estarei de olho no diretor da clínica: o doutor fantasma; ao mesmo tempo, serei ouvidos e semente para o que Helena e Vitória vão me contar da viagem do "paidrasto". Certamente elas vão conversar com os integrantes do moto-clube, saber deles das caras e bocas do fujão; e o próprio Vicente tratará de relatar as emoções vividas no percurso, a natureza exuberante do caminho até Casa Branca, aquela vista de tirar o fôlego até de quem não se impressiona nem com a cordilheira dos Andes e outros pormenores de interesse dos leitores.

XXVII

A ordem era para ser cumprida, no máximo até a próxima segunda-feira. Depois da reunião do Dr. Orácio Nicácio com a secretaria da casa, ficou decidida a dispensa imediata de onze idosos. Não seria mais tolerada a presença de pessoas inadimplentes.

— Parentes que não arcam com os seus compromissos merecem ter que cuidar, trocar fraldas, aviar medicamentos, não deixar faltar as refeições, entre outras demandas importantes –, disse categoricamente o velho fantasma.

A partir daquele sábado, ambulâncias levariam os idosos para os endereços de origem, como encomenda simples.

— Eles que se virem!

O que se viu foi uma situação indefensável para qualquer cidadão decente deste país. A clínica contou com a anuência de prefeitos de pequenas cidades da região, que mandaram ambulâncias com motoristas para o transporte dos idosos. Se combinaram algo sobre o pagamento do combustível, não fiquei sabendo. O que sei é que os velhinhos iam sendo despachados em troca de vagas para idosos de boa renda, dos municípios envolvidos no traslado. E que os odores dos ambientes haveriam de melhorar sensivelmente. Entre os internos substituídos, os do xixi e do cocô faziam parte da lista. Segundo a direção, se os responsáveis falham com as fraldas e com as mensalidades, não há como manter sempre limpas essas pessoas. E a clínica não pode nem deve socializar os pertences dos internos.

A última ambulância saiu levando o décimo idoso com a pecha humilhante de ser inadimplente ali, naquela verdadeira antessala do cemitério. O décimo primeiro seria o pobre do Vicente. Depois de procurá-lo pelas cercanias da clínica, fazer perguntas sobre o paradeiro do jornalista, a direção preferiu acautelar-se, optando por não fazer alarde do sumiço. O sujeito estaria inadimplente mesmo! E mais: se perguntassem, ele teria ido embora voluntariamente, com vergonha da filha curadora, Bárbara. Conjecturaram ir à delegacia preencher um boletim de ocorrência. Seria o suficiente? Talvez, para uma cobrança judicial futura.

A troca de pacientes deu-se sem maiores constrangimentos, até a mesmíssima segunda-feira. Nem um dia a mais. Duvidando das fichas apresentadas pela fila normal de espera, onze novos moradores, previamente selecionados por políticos das cidades da região, chegaram de carro com os seus familiares ou nas mesmas ambulâncias públicas que trabalharam na remoção dos inadimplentes. Pela manhã, cuidadores, operários e pintores já examinavam os quartos, fazendo ligeiros ajustes e reparos, na verdade uma maquiagem, para receber os novos idosos. Nessas horas, o que mais encanta parentes e candidatos são vasinhos de flores, roupa de cama bem passada e cheirosa e desinfetante nos banheiros. Vazamentos e infiltrações também são avaliados. Mofo, nem pensar! E o assunto no "almofo", (mais um dos trocadilhos infames do já saudoso Vicente), era a ausência dos velhos companheiros, e o que mais fazia falta era o jornalista.

Sentindo-se órfão, Murilo pleiteou junto à enfermeira-chefe, que o 3D recebesse o colega Pinheiro. Além da propensa amizade com quem demanda os mesmos saberes sociais, queria mantê-lo em rédea curta, antes que desse com a língua nos dentes, expressão usada para dizer que os idosos envolvidos, sem certa vigilância, poderiam não guardar segredo sobre o plano de fuga do jornalista. Inclusive a Matilde estava aborrecida por causa do esquecimento de Vicente, que nem sequer tocou na sacola plástica com os chocolates que ela reuniu depois de maracutaias para traficar um tablete Lindt, um Toblerone, dois Diamantes Negros e uma caixa de língua de gato Copenhagen.

— Foi desfeita –, ela repetia.

Interessante, nesta história, foi saber que, dos afastados da clínica, os mais próximos a Vicente não estavam na lista.

Dona Lourdinha continuava implorando: "Laura não! Laura não!" Toda vez que a maquiavélica cuidadora falava em chamar a filha para dar um jeito na coitada que, aliás, nunca desiste de implorar pela volta para casa; Dona Benta subiu ao cume da desesperança, sentindo na alma que não vai receber o apartamento de quatro quartos no bairro de Lourdes. Perplexa, ela repete a todo instante que a invenção do irmão foi uma jogada suja para mantê-la longe; Glória, Fátima, Chico e Zé Dirceu passam o dia jogando baralho ou fingindo fazer ginástica na cada vez mais abandonada academia do Murilo. E o Néstor? Néstor, que ainda sustenta o mesmo perfume de sempre e toda a estica da vaidade, agora deseja dar notícias de si mesmo.

Segundo ele, os esquecidos em clínicas geriátricas, clínicas de repouso, asilos, casas de acolhimento ou qualquer outro nome que queiram dar a instituições que armazenam idosos e coisas velhas, são pessoas com uma ciência fina e tênue sobre o estado quase vegetativo em que se encontram. No caso de Néstor, que ele mesmo define como grau dois, ainda há lampejos de consciência das brutalidades da vida. Seriam pessoas que, aos poucos, vão se desligando da nervosa espreita dos fatos que desistiram de acompanhar. Ou seja, morrem devagar para não serem definidos pela morte. Vão aos poucos recolhendo o silêncio como semente a ser plantada no deserto que os espera. Néstor revelou ainda, o que acontece com a escala dos vegetais (sim, somos todos vegetais!): ficamos ansiosos, posteriormente tristes, depois melancólicos, entramos em depressão, brotamos no Alzheimer e caminhamos para o esquecimento. E a cabeça não guarda mais a última frase, a última palavra ou a última letra que teclamos na claridade suspensa que ainda atordoa a pressão dos olhos e franze a testa. Mas a mente continua viva, embora esta palavra não encontre saúde nas interpretações de quem ultrapassa o grau quatro.

Néstor diz conversar telepaticamente com o mundo, à parte de outros "desligantes". Diz saber o que se passa na rede que eles monitoram na velocidade da luz. Não às coisas passadas. E até mesmo o olhar do netinho não é mais apreendido como algo que perpassa pelas emoções de um indivíduo. Sim ao futuro que desanda, imprestável e fluido. E afirma: "Um indivíduo não consegue viver só na atmosfera criada pela falência dos órgãos que se somam num todo que se esvai aos poucos. Um balanço que respira cada vez mais devagar, devagar e devagar. Veja o caso de Dona Lourdinha: ela sente falta de espaço, sente medo e chora."

Definitivamente, nessa esfera de silêncio, não há lugar para teatro.

XXVIII

Brutas e lindas, trinta e duas motocicletas serpenteavam a mata densa da estrada que liga Macacos à BR-040, quase na chegada de Belo Horizonte. Eram dez e meia da manhã quando todos passaram a obedecer ao irmão De Paula, elevado à condição de *road captain* naquele trecho específico. De Paula seguia orgulhoso, cumpria as regras de sinais em todos os seus pormenores: lombada à frente, buracos na estrada, redução de velocidade, gestual de queda de barreira; e todos andando em "X", como manda o balé estruturado pelos aficionados pela marca de Milwalkee, nos EUA. Esse posicionamento permite ao motociclista rodar com mais segurança, podendo desviar de imprevistos sem ser atropelado pelos demais membros do grupo.

A distância percorrida nesse primeiro trecho era simbólica, cinco ou seis quilômetros. Como a subida é mais travada e a época de chuvas torrenciais propicia a queda de galhos, troncos e barreiras, De Paula foi costurando com atenção o percurso, com a alegria escancarada em todos os seus sentidos. Já perto da BR, em um trecho pequeno de reta, foi obrigado a diminuir a velocidade. E num daqueles momentos que arrepiam os amantes dessa escola de homens, todos, ao mesmo tempo, acionaram o ronco de seus cavalos pedindo passagem a um jovem caminhoneiro. Seta ligada, sinal de mão compreendido, De Paula arrancou levando consigo todo o grupo de uma só vez. Logo depois, ao ultrapassarem por baixo a rodovia que liga Belo Horizonte ao Rio de Janeiro, o policial Dante Calixto assumiu a condição emprestada ao irmão jornalista. Dali em diante, a estrada requeria a atenção de um especialista.

A entrada no Parque do Rola Moça com o sol se abrindo cada vez mais, depois das fortes chuvas da madrugada, encheram os pulmões de Vicente, como se ele quisesse virar um daqueles balões de gás e percorrer aquele cenário em duas frentes: de moto e de asa delta. "Minas e suas montanhas mágicas", pensou De Paula. Rindo, repetiu aos gritos o trocadilho preferido dos mineiros: "Nesse trem de moto, o trem da liberdade!"

A estrada que leva até o distrito de Casa Branca, em Brumadinho, encontra alguns afoitos da motovelocidade e outras *big trails* que desenvolvem maiores velocidades, mas em seu início e depois do platô mais alto da serra, é impossível arriscar-se no percurso sinuoso, de curvas a serem feitas em segunda ou primeira marcha. No caso dos harleyros, onde muitos passam dos quarenta e cinco anos, o senso de responsabilidade prevalece e os trajetos ganham contornos de partida e de chegada. No caminho, a saudade de ouvir um bom e velho *rock-and-roll,* o "Blue Riviera", de Sá, Zé Rodrix e Guarabyra, mas o vento tem seu lugar muito bem canalizado e equalizado no espaço da vida. Por enquanto, estava tudo perfeito.

Eram onze e quarenta e cinco da manhã e o grupo já procurava os melhores lugares no estacionamento do restaurante, para acomodar as máquinas. A suprema felicidade estava estampada no rosto do De Paula, assim como no rosto dos demais, emocionados por poderem proporcionar aquele momento único ao velho companheiro. Na entrada do estabelecimento, o anfitrião Tunico, ainda com uma gaiola cirúrgica em uma das pernas por causa de um acidente de moto oito meses atrás, abraçou Vicente como se fosse sólido. Pareciam dois astros de cinema em cenário de Kikito de Ouro, em Gramado, com dezenas de flashes atacando a emoção concorrida. Ao levar o companheiro para o centro da casa, Tunico deixou à disposição do visitante ilustre, um tatuador que registraria, para sempre, aquele momento.

Ações como essa, só mesmo vindas de cabeças premiadas da publicidade.

De Paula olhou as horas, perguntou se sairia dali em sessenta minutos de trabalho e abriu a jaqueta para que o artista desenhasse em suas costas, o símbolo dos Templários e sete bolhas de sabão a se desprenderem do símbolo máximo da entidade guardiã do cristianismo. Se desse tempo, o jovem deveria acrescentar mais cinco, completando doze bolhas, ou doze apóstolos.

Estava tudo acertado com o dublê que entraria na capa do Batman, tão logo Vicente terminasse de saborear a costelinha marinada na goiabada, servida pela casa.

— E traga uma cerveja pequena, seu garçom. Juro que me fará bem e me deixará com a alma lavada –, argumentou o jornalista. O maitre do Abóboras havia preparado um daqueles drinques impagáveis e famosos, mas compreendeu o momento do amigo, que havia sete meses não tomava uma gelada. E somente uma cerveja artesanal de trigo poderia saciar a sede de liberdade do sujeito.

— Se tem muito tempo, é melhor ficar em apenas uma –, gritou a mulher de um dos membros do grupo.

A troca de personagens: Vicente foi ao toalete, depois de fazer um sinal para o homem que, por algum tempo, seria o seu personagem. O dublê entendeu os gestos e também se dirigiu para o local onde deveria fazer a troca de roupas. Em poucos instantes, já percebendo a inquietação da tribo para que pudessem terminar a missão do dia, Vicente passou-lhe as roupas, recebendo em troca as chaves de uma confortável Road King de cor vinho, estacionada debaixo da segunda árvore. No casaco de couro entregue ao jornalista, estava escrito "Lobo Solitário". Vicente fixou os olhos na arte talhada nas costas da sua nova pele, esboçou um leve sorriso e permaneceu calado num dos boxes do banheiro, até que o último ronco de motocicleta soasse do outro lado da estrada. Murilo havia pensado em tudo. No bolso da jaqueta, um boletim de ocorrências dispondo sobre a perda de documentos, requisição de cópia da carteira de motorista com endereço de entrega do documento no mesmo local onde residiu Vicente. Era só passar por lá, naquele dia mesmo, com o cuidado de não retirar o capacete para não ser admoestado por curiosos, cabendo ao zelador, o velho e bom seu Geraldo, entregar-lhe a CNH sem fazer perguntas.

E... pé na estrada.

Mas, antes disso, de pegar a estrada para Salvador, Vicente resolveu abraçar as meninas, deixando com elas o endereço do condomínio em Praia do Forte, litoral norte da capital soteropolitana. Helena e Vitória flutuavam, naquele momento.

— Guardamos o segredo do pai que tanto amamos, e a isso não se coloca preço –, disse-lhe Helena. Outra coisa, paizinho: o senhor nunca esteve sozinho. Um rapaz lá da clínica é jornalista e faz as vezes de cuidador de idosos. Está lá desde os seus primeiros dias, para contar a sua história. Ele é minucioso, inteligente, um pouco doidinho; e ladrão. Estão com ele as suas anotações. Disse-nos que as retirou de sua gaveta para que outro não fizesse o malfeito de sumir com os papeis. E ele tem tentado fazer as edições que contemplam a visão dos quatro olhos de vocês, numa mesma chegada da realidade ou ficção.

— Deve ser o Bruno, não? – perguntou Vicente,

— Sim, Bruno Vilar –, respondeu Helena.

— Eu andava desconfiado.

— Ele ficou de procurá-lo em sua casa, na Bahia, para compor um livro com o senhor. E como eu sabia que o senhor nos daria o endereço..."

Que bom! Eu também não desisti de escrever. Mesmo sem o que já havia anotado, fui percorrendo o caminho da informação, igual investigação policial que segue o dinheiro para prender o corrupto.

De certa forma, Vicente estava aliviado com a notícia da presença do rapaz, ex-aluno, fã de histórias e, quem sabe, competente.

Depois de enxugar os olhos, encher os alforjes com roupas novas, calçados e água, partiu o jornalista para cima de mil e seiscentos quilômetros. A previsão de chegar na casa emprestada por Murilo era a sexta-feira da mesma semana, o que daria uns quatrocentos quilômetros por dia, de viagem. Ou seja: dias antes do Natal, ele estaria pendurando dezenas de metros de fios luminosos em sua nova residência e já estaria com um cãozinho a tiracolo. Sabia ele que só mesmo um bichinho de estimação poderia poupá-lo de algum surto depressivo.

— Se eu tiver alguma coisa nesse sentido, desisto de mim mesmo. Não é possível entristecer depois de tudo o que passei. Vida nova! Longa e próspera!, pensou o velho motociclista.

E logo, logo, ele estaria babando pela mulher dispensada por Murilo, fazendo-lhe juras de amor e prometendo a mesma segurança prometida pelo amigo.

— Oxalá ela esteja sozinha!

E a frase final ele deixou para dizer, afastando a viseira. Em voz alta e estendendo as palavras, Vicente gritou do seu capacete: "Pronta para viver o maior romance da sua vida, baianinha?"

A fotografia da moça, como num presente de amigos de quatorze anos, deveria ser exibida na portaria central do condomínio. Lá, todos a conhecem como Valéria Valeriana, numa referência ao medicamento de mesmo nome. Valeriana é uma singela flor e dela se extrai a substância que acalma os mais afoitos. Além de flor linda, ela deveria ser também mulher de calmaria. Mas já estaria de bom tamanho, se de cama ela fosse sinônimo de selvageria, sugeriu Vicente ao seu sarcasmo e à sua incompletude libidinosa, deixando transparecer um sorriso maroto e infantil.

XXIX

De Paula pretendia hospedar-se na Pousada do Garimpo, em Diamantina, porta de entrada do Vale do Jequitinhonha, no trajeto até o litoral baiano. Da varanda da pousada, imaginou, poderia contemplar quase toda a cidade e, quem sabe, refletir sobre os últimos acontecimentos. Ah, Diamantina! Cidade histórica de raríssima beleza, projetos culturais e gastronômicos únicos e cercanias de relevos envolventes...

Para o jornalista, a cidade é e sempre será o berço do mais emblemático e competente presidente do Brasil, Juscelino Kubitschek de Oliveira. E bem ali, em uma das mesas externas do restaurante da pousada, o tempo deu marcha a ré no que seria o primeiro sinal de que Vicente deveria mesmo parar em algum canto da vida para encarar o que agora corre fortuito para o acaso. Em algum ponto, talvez, estivesse a chave que desligou parcialmente a memória do nosso principal personagem.

1976. Vicente se lembrou de haver reportado à redação do antigo jornal *Última Hora*, a passagem do cortejo presidencial de Juscelino pela principal avenida de Brasília, a W3- Sul, rumo ao cemitério Campo da Esperança. Vicente, ainda garoto, num rompante de independência política, encarou com raiva os perfilados soldados do Exército Brasileiro nos funerais do ex-presidente, deixando de lado a pretensa imparcialidade de jornalista. Os militares haveriam de engolir a esperança de mais de sessenta mil pessoas, diante de manifestações emocionadas de candangos brasilienses e brasileiros de toda parte do país. Durante todo o trajeto, engoliram desaforos de uma população que desconfiava da causa da morte do líder político. Era difícil acreditar na morte repentina de um homem que dali a apenas três meses, iria readquirir os direitos políticos cassados pelos generais. Foi quando, de repente, do nada, um ônibus da Viação Cometa, em sentido contrário ao carro do ex-presidente, ceifou a vida da esperança, em plena Rodovia Presidente Dutra, entre Rio de Janeiro e São Paulo. Mesmo diante do relatório da tal Comissão da Verdade do Governo Federal que, em 2014, descartou a hipótese de morte por encomenda, muitos ainda desconfiam do ocorrido. Tanto que a Comissão da Verdade de Minas Gerais recentemente concluiu de modo diferente esse episódio delicado da política brasileira. O relatório de 13 de dezembro 2017 diz o seguinte: "considerando o contexto da época (1964 a 1988), as distintas contradições das avaliações periciais, os depoimentos e pareceres jurídicos, pode-se afirmar que é plausível, provável e possível que as mortes tenham ocorrido devido a atentado político".

Aos dezenove anos, Vicente tomou o primeiro ônibus para a capital, Brasília, para acompanhar a passagem, em carro do Corpo de Bombeiros, do corpo que talvez enterrasse consigo o sonho de um Brasil, pelo menos diferente do que estamos vendo hoje. Diamantina era-lhe especial também por isso. A cidade histórica é mesmo das memórias, coisa que ele havia perdido no caminho da vida, onde perdem-se até as virtudes. Diante daqueles paredões de pedra e ouro, que tentam conter o rasgar da luz do sol e o seu amarelo-dourado de dimensões infinitas, Vicente lembrou-se também dos sonhos de garoto na zona que abriga as primas do município e onde os primos ainda imberbes, depois dos coitos, percorriam a cidade tomando Velho Barreiro e tocando violão. A memória foi sendo reavivada diante daquele cenário da história mineira... na juventude, fazendo parte das turmas que fechavam o puteiro de Madame Dalva, as noites estreladas eram de sucessos de Dick Farney, Pena Branca e Xavantinho, Morris Albert...

Feelings,

Nothing more than feelings

Trying to forget my feelings of love

Teardrops

Rolling down on my face

Trying to forget my feelings of love

Feelings

Um sorriso tomou conta de seu rosto e quis brindar à felicidade de resistir à humilhação da velhice, de que acabara de desvencilhar-se. Mais que isso: Vicente armadilhou-se nas várias prisões percorridas. E haveria de juntar os cacos no pouco período de tempo que se permitia, entre a cachaça servida e o jantar mais mineiro, do chef Vandeca. Enquanto isso, o velho e ótimo cozinheiro lhe serviu como tira-gosto um daqueles torresmos de barriga com molho especialmente criado pela "Dama do fogão".

Nas aventuras pelos veios de Minas, Vicente percorreu dezenas de cidades mineiras com a sua Brasília bege, 1976. E foi em uma dessas paradas que o jovem radialista encantou moça de família, poucos recursos, beleza negra e olhos verde-esmeralda. A paixão entre ambos não cedeu um milímetro sequer, a contragosto de seus pais, pela razão escurecida na pele bronzeada de Dalva. Porém, o nome da futura senhora Vicente Fagundes de Paula Neto era o mesmo da dona da casa de prostituição do antigo Arraial do Tejuco, o que, até certo ponto, confessava Vicente a si próprio, incomodava-o recorrentemente. Tanto que nas inúmeras vezes em que ambos foram acochambrar para os alívios sexuais, não conseguia tirar da cabeça a periquita da outrora dona do puteiro. E isso era esquecido e lembrado conforme a vida ia sanfonando um ao outro. Nem o nascimento dos filhos foi capaz de dissolver essa paranoia velada e a coisa ganhava ares diabólicos, até pelo afastamento sem volta dos avós paternos das crianças. Rildo e Renato saíram a cópia da mãe; Bárbara, com a pele clara do pai. A mesma pele de Nossa Senhora da Conceição Aparecida, antes das alterações plásticas feitas por um bispo católico para que a santa ficasse mais próxima da gente mais aflita do Brasil. Daí, Vicente viu que o amor contido nas poesias dedicadas a Dalva era coisa do confronto habitual que havia entre o próprio e os pais ignorados. E que, talvez, a moeda de troco dada pelos seus genitores, tenha sido o início da sua demência juvenil, de que ele jamais conseguiu se livrar.

— Será, meu Deus? Meu Deus, casei-me tão jovem!!! Achei que iria suportar as pressões externas e internas com a racionalidade que nunca tive.

E o que havia ficado no sarcófago da vida, ganhou a liberdade de um passarinho chamado lembrança, sem ter ele chamado uma abelha sequer. Aos poucos, Vicente foi reescrevendo a poesia dedicada à mãe de seus filhos em um pequeno guardanapo de papel, como fizera quase há 40 anos.

O vento solar

Uiva na alma e no medo!

Grita em nome da coragem,

A fuga dos meus segredos!

O sol pálido lua

Cripta corados versos

Descortina a via demência

Ao imaginar-te além de mim,

Nua.

A água, pandora alicante

Descreve cachoeirenta

Até o mar de quem cimenta

A pedra limo navegante.

E no peito

A vida se abre

A vampiros e máscaras

Aprisionando a coragem do medo

À solidariedade do vento.

Como é que Fagundes conseguiu tal proeza? Das poesias que escreveu e das inúmeras que leu, somente conseguia lembrar-se do trecho implacável de Pessoa: "O poeta é um fingidor..." E agora, ali nos arredores das minas de ouro e de diamantes, eis que surge a lembrança de um poema que, pela segunda vez, proporcionava-lhe a mesma independência desassistida. E sorriu para si por ter conseguido garimpar aquilo que se tem de mais sagrado no coração de um homem: a verdade. Era como visitar o interior da terra para encontrar a pedra oculta, a pedra filosofal da Alquimia, como nos ensinamentos maçônicos, em sua juventude; ensinamentos estes também esquecidos... Ah, e que haveriam de ser retomados brevemente, se assim a Ordem permitir!

Mas a verdade era-lhe também nua, absolutamente crua, ao juntar naquele instante fecundo, os extremos da vida que tivera: seus pais morreram sem sequer conhecer os netos. Preferiram mudar-se para um sítio próximo a um mosteiro, em Borda da Mata, a dar notícias; e os filhos, subjugados pelos avós, também praticaram o abandono do próprio pai, por um pretenso prêmio de loteria, como se gritassem a sua completa inutilidade. Mas era-lhe doloroso demais ouvir a verdade naquele lugar que, não sabia por que, parecia uma Câmara de Reflexões. Lembrou-se do cinzel proferido pela grande Ordem, como ferramenta para fazer a lapidação de si mesmo. E mais uma vez os seus olhos ficaram repletos de lágrimas a sufocar soluços e soluções, deslizando por entre os sulcos da história estampada no rosto, até alcançar o círculo que desenhara (in)conscientemente, no guardanapo de Vandeca. E lembrou-se de que o símbolo representava o infinito, a esfera celeste sem começo e fim. Graças ao bom Deus, o senhor absoluto do Círculo, a verdade, assim como o movimento das múltiplas vidas, que se fixa em um determinado ponto, como se fosse uma fotografia, o sermão da consciência foi interrompido com um leitão pururucado, à moda do garimpo, trazendo alívio à mesa e ao coração.

O delicioso prato era pesado para ser saboreado no período noturno, ainda mais por quem sofre de refluxos. Mas nada que um bom digestivo não possa consertar, principalmente diante da recente alforria. E para facilitar as coisas para o estômago, Vicente preferiu um garfo pequeno, para mastigar os alimentos como se fossem a última ceia.

— Garçom, uma taça de vinho da casa, por favor!

Enquanto permaneceu diante da iguaria mineira, o poeta não sucumbiu ao chamado que lhe fizera cortar o coração minutos antes. Mas depois da sobremesa, sabia que deveria encarar de novo as suas mazelas; a não ser que tomasse a atitude de dar umas voltas pela cidade, a pé, até quem sabe encontrar a prima Dalva, estrela maior do cabaré local. Estaria viva? Se estivesse viva, contaria pelo menos uns setenta anos de idade.

— Dizem que puta morre cedo. Mas considero que tal afirmação é mentira. Elas saem de cena antes que tudo caia, bem antes que o desejo se transforme em pena. – Como de costume, Vicente saiu-se com mais uma de suas infames tiradas: "Talvez a expressão "a duras penas" tenha a alcunha de boêmios e prostitutas... antes que sejam apenados em um asilo qualquer.

Algumas casas na cidade viviam o Natal com as luzes de sempre, e cartazes brilhantes com desenhos de estrelas, presépios e raios de luz sugeriam a pobreza das manifestações religiosas. Em outras épocas, sacos de presentes eram pendurados nas casas para que os pobres pudessem participar da festa.

Vicente voltou para a pousada sem encontrar a famosa casa de Madame Dalva. Mesmo sendo uma cidade tombada como patrimônio histórico, as coisas mudaram e as referências arquitetônicas foram esquecidas. O que era velho, caindo aos pedaços, agora tinha uma versão Pelourinho. E diante do casario reformado, encontrar o local era como achar agulha no palheiro. Vicente riu quando digitou no Google Maps: Zona de Madame Dalva... e saiu cantando a imortal canção interpretada por João Gilberto, "Pra que discutir com Madame":

Madame diz que o samba democrata,

É música barata sem nenhum valor,

Vamos acabar com o samba,

Madame não gosta que ninguém sambe

Vive dizendo que samba é vexame

Pra que discutir com madame.

De novo no alpendre da pousada, Vicente pediu que lhe servissem uma boa cerveja artesanal de nome Brücke e procurou alcançar outros períodos da vida que não fossem os mesmos e dolorosos revisitados. O cerne da questão que o subjugara em conflitos até enveredar-se pelos reclames dos esquecimentos, estaria no isolamento deixado lá atrás com a sordidez de fechar capítulo da mesmíssima maneira com o seu descarte a uma clínica de idosos, aos sessenta anos e a desculpa sacramentada de ser um velho demente e sem noção.

2009. Esse foi o ano em que o ex-presidente Luiz Inácio Lula da Silva chamaria a crise mundial de marolinha; no caso do Brasil, o país estava imune aos estragos globais da crise que começou no sistema habitacional norte-americano. Pois, foi no final deste, mais precisamente no dia 23 de dezembro, que Vicente foi chamado para os devidos e cínicos agradecimentos pelos vinte anos de trabalhos prestados, que se encerrariam naquela data. Além do susto, a humilhação de saber não ser mais mão de obra em qualquer outro veículo de comunicação. O sermão do enxugamento atingiu o profissional que dali a dias faria cinquenta anos de idade. Era como a tempestade que varria a região de Lisboa, em Portugal, com ventos de até 140 quilômetros por hora, no mesmo instante de sua demissão. Guardadas as devidas proporções, o sofrimento individual do sempre inseguro homem das letras, era comparável à tragédia do Tejo e Vicente poderia, se quisesse, intitular-se Vicente Pessoa. E passou a personalizar tudo o que acontecia na cidade, no país e no mundo. As notícias, das mais longínquas distâncias tocavam-no como as ondas de um cardume existencial. Ficava grávido pelas fecundações externas advindas de um universo pelágico cada dia mais mínimo que, a bem da verdade, expulsava-o do seu bem-estar.

Era como se uma bomba tivesse sido achada no banheiro de seu apartamento, pronta para explodir a qualquer momento. E não explodia. O que detonava os nervos era a real sensação de inutilidade, da inutilidade apontada pelos filhos de Dalva. Daí veio a ansiedade, a melancolia, a depressão, até a parada total dos olhos.

Eis que chega o silêncio. Não se ouvia um só programa de TV, um só ruído de rádio, nem brigas nem amores nas tímidas cordilheiras da histórica Diamantina. E naquele isolamento profundo, Vicente encontrou a mão de Deus estendida em todos os seus sofrimentos e desesperos vividos na clínica de Macacos.

— Como Deus escreve certo por linhas tortas! A internação forçada na clínica Razão e Sensibilidade, com a truculência das medidas que resultaram na minha interdição judicial, inclusive, acabaram por reacender a chama da vida desse carcomido jornalista. Em vez do olhar estatelado para o nada, a hora de mirar o futuro, ainda que tardio, deverá ser a minha bandeira daqui para a frente.

XXX

— Valéria Valeriana não existe, senhor. Não que eu saiba. Aliás, perguntei aos colegas do condomínio e não existe essa pessoa aqui. Essa moça da fotografia não me é estranha, mas não temos certeza de tê-la visto por essas bandas.

— Pronto, passarei o Natal sem a companhia de uma só pessoa, desabafou Vicente.

— Como, senhor?

— Não, nada, nada. Pensando alto aqui... você conhece algum canil aqui por perto?

— O Sr. Mário tem um. Ele mora na casa 117.

— Obrigado.

— Sempre às ordens, senhor. Feliz Natal!

— Feliz Natal!

Vicente foi visto saindo com o filho do dono do canil, para ver uma ninhada no ponto de ser colhida pelos futuros donos. A raça disponível dessa vez era Shinauzer e Vicente se encantou com a barbinha do seu Luigi Parla. A partir de agora, era para ele que Vicente iria falar e falar, ler as suas produções e poemas, ter o verdadeiro *feedback* do silêncio. No máximo, ele inferiria com latidos ou com grunhidos desafinados e ameaçadores, típicos da raça. Quem sabe Vicente até escreveria um ensaio sobre a onomatopeia dos esquecidos? Uma página em branco, talvez refletisse tudo o que se tem a latir, em casos assim.

Luigi Parla estava com um rabo enorme e Vicente logo pediu que fosse cortado. Diante da negativa do Mário, Vicente ameaçou o rabo do bicho com uma decepada só. Foi então que o proprietário chamou o veterinário para o corte do rabicó, usando técnicas e narcotizantes de dor para que o bichinho não sofresse. O jornalista argumenta até hoje que as raças criadas pelo homem foram fruto de muitas pesquisas, cruzamentos, psicologia animal, observância de temperamento, sempre no caminho da estética, também. E pergunta: "Ora, se uma criança pode ter a sua orelha furada para que os pais, indigenamente, transpassem-na com argolas de metal, por que essa estúpida proibição? Para atender aos coitadinhos do politicamente correto? Por que esses melindrosos não cobram mais da ciência sobre as displasias caninas, problemas renais crônicos e outros sofrimentos que, de fato, acometem os animais? Sem falar nas rações, muitas delas com excesso de sódio, que envenenam cães e gatos. Um dobermann com rabo é ridículo; um pastor alemão sem rabo é a mesma coisa", argumentava Vicente, enquanto o médico trabalhava na cauda de Luigi Parla.

— *Parli più forte, Luigi, ahn*? – Dizia Vicente para o bichinho.

E uma coisa pode-se afirmar: Vicente abraçara a sua nova capacidade de ação. E as suas convicções e certezas davam o tom de sua transformação.

Janeiro, 2018. A vida do jornalista ia se ajeitando na bela casa de Murilo. Com o poder que lhe conferiu o amigo, Vicente implantou uma rotina que a casa não tinha. Limpeza geral três vezes por semana, jardineiro trabalhando minuciosas terapias da flora local, o leva e traz de terra, transposição de variedades de plantas; tudo para que a casa lembrasse um pouco o extraordinário jardim do Museu Inhotim, em Minas Gerais. Sabia ele que deveria dar prioridade às plantas locais e que a flora litorânea é, sem dúvida, senhora do espaço. Com os móveis, fez a mesma coisa: rústicos com apelos marítimos e clássicos com pegada *vintage*, tecidos alegres e contemporâneos. O bom gosto era evidente.

— Blim... blom –, gritou a campainha da portaria do condomínio. Era Bruno, o jovem jornalista que se apropriara das anotações de Vicente, com a pretensão de dar visibilidade ao problema vivido pelo jornalista.

Bruno entrou naquele cenário paradisíaco e comentou: "Acho que valeu a pena!"

Vicente apenas observava o rapaz, sem esconder a satisfação de ver e sentir alguém conhecido por perto. Os dois sentaram-se, encheram os copos com água de coco e passaram às prateleiras de um relacionamento que parecia servir-se de emoções tão próximas quanto distintas. A interação entre os dois foi imediata, embora não conseguissem explicar o tardio da coisa. Seriam o ambiente, as definições, as liberdades das atitudes tomadas? Não sabiam explicar e nem ficaram presos ao pacto atual. Vicente lembrou-se mais uma vez do slogan da Rádio Globo FM do Rio de Janeiro: "Aqui você não ouve, você sente" e repetiu a frase com a sinceridade do momento. Dava mesmo para sentir a interação dos jornalistas e o despertar de uma nova vida para ambos.

O papo durou a tarde toda, com Vicente sugerindo vários aspectos às reflexões dos cavalheiros. Estava mesmo na hora de despertar para um jeito novo de apurar os fatos da vida. As lateralidades femininas estão mais do que nunca na esquina das coisas. E a vida profissional se apropriou dessa amplitude para sacramentar que o profissional de comunicação deve se estender para os lados da economia, da sociologia, da ciência política, do humanismo, da literatura, do direito; que o conteúdo, sempre referente a fatos relevantes, não fique no campo medíocre das redes sociais. Ou de produções que tentam sobreviver sem a agilidade das novas ferramentas e das novas abordagens.

— É preciso mais, Sr. Bruno Henrique –, disse-lhe Vicente. – Aquilo que se aprende na faculdade fica restrito a ela, não anda. Como um livro que vivo sempre se mostra, o caminho é aprendizado constante, sem trégua.

E se ambos não eram capazes de atender à demanda atual, que se entendessem com a literatura, pelo menos. É melhor ter uma história com começo, meio e fim como em uma ficção dando ordens à vida, fornecendo-lhe alguma racionalidade, do que depender dos esquecimentos da memória, que desorganizavam o mundo de cada um. O primeiro era íntimo do esquecimento; o segundo esquecia-se de tudo por não saber acreditar no futuro. E os dois novos e profundos amigos brindaram a Aristóteles, o filósofo grego que já disse tudo o que o homem deveria encampar. A partir daquele momento, os dois trabalhariam juntos na edição do livro.

— Ah, o Dr. Murilo mandou lhe entregar esses papeis – disse Bruno – estendendo-lhe a mão com um envelope pardo.

Ao ler o conteúdo do documento, Vicente deu um pulo para trás. Era uma doação da casa de praia para o jornalista, cabendo ao felizardo levar tal documento ao cartório de Mata de São João para sacramentar o registro.

O jornalista não viu com bons olhos a improvável benevolência de um amigo ainda estranho. E era estranho tudo o que estava acontecendo. Alguma coisa ali, não se assentava. Depois de mais algumas reflexões a respeito, os jornalistas, agora senhores da reciprocidade, resolveram investigar os devidos porquês. Ainda mais que Bruno também tinha recebido o incentivo de mudar-se para a Bahia, esquecer os senões das substâncias psicóticas que consumia e dar lugar a novas biografias. Os dois haviam sido afastados da clínica e aqueles que incentivaram a mudança de ares estavam juntos, provavelmente mancomunando algo que eles não deveriam saber e muito menos publicar.

A ideia era não cutucar a onça com vara curta. Nesse sentido, a volta de Bruno à clínica estava descartada, para que os dois delinquentes não enfiassem no cofre, a verdade dos fatos. Ah, Dona Matilde seria escalada para filtrar tudo o que via. Também tentariam sensibilizar o amigo delegado para mexer uns pauzinhos em busca do que Murilo e Pinheiro planejavam.

Inicialmente, Valverde achou que o amigo estava mesmo maluco, até porque não percebeu que a carta tinha selo postal da Praia do Forte. O delegado sequer imaginava as mudanças ocorridas. Aliás, o amigo, a clínica, o caso Adhemar, tudo caíra no limbo do esquecimento, como é praxe no cotidiano da polícia, inclusive no corre-corre das investigações federais. Peixe pequeno é piabinha, não tem muito valor. Em todo caso, até por desencargo de consciência, depois de alguns telefonemas, o delegado entregou o caso a um subordinado, para ver o que era possível apurar da denúncia.

Resultado: José Pinheiro era procurado pela morte de três índios na região sul do Pará e do nordeste de Mato Grosso. Segundo Pinheiro, tratava-se de um acidente de percurso, por conta de um garimpo clandestino para as bandas da Renca. Para as autoridades, o que houve foi uma encomenda bem ardilosa e primitiva, principalmente levando em conta as marcas de tortura nos corpos. Outra coisa: não sabiam explicar porque ele estava em uma cadeira de rodas. Teria sido algum acidente? Verificou-se posteriormente, que o Dr. José Pinheiro fora atingido por uma flechada nas costas, resultando no estrangulamento dos membros inferiores. E, ainda por cima, a diabetes dificultara ainda mais a sua recuperação. Já Murilo, era devedor contumaz do fisco depois de várias falcatruas em fundos de pensão e montagem de pirâmides financeiras e lesara o próprio filho. Com relação ao filho, Caetano recebera grande importância em dinheiro, de uma tia-madrinha muito rica e agora estaria em maus lençóis. Murilo, o pai, contou que, para o bem do jovem, não deixou que gastasse o seu dinheiro para, futuramente, implantar um terceiro olho no meio da testa. Acredite se quiser! Por essas e outras, o engenheiro de produção preferiu esconder-se na clínica de idosos, até ser dado como desaparecido. O único senão era a casa de praia, em nome dele. Ou seja, a casa poderia ser "a cereja do bolo", espécie de isca, caso as autoridades descobrissem o seu paradeiro. Poderia suborná-las sugerindo que dispusessem do imóvel como compensação para acobertarem os crimes. Mas as cenas foram se descortinando de maneira intuitiva e Murilo acabou optando por cedê-la ao jornalista antes que a Receita Federal colocasse a sua mão de leão em cima da propriedade. Gostava de Vicente, havia sido tocado pela sacanagem que fizeram a ele e, a bem da verdade, o melhor seria mantê-lo longe. E se a casa, no sofisticado condomínio baiano, era uma corda solta no caminho de pedras, por que não dar a ela um destino até certo ponto compreensível? Portanto, o sujeito que arquitetou a fuga de Vicente era um canalha inteligente e, de certa forma, generoso. Da mesma forma que afastava os jornalistas para não correr riscos, se livrava da casa que havia adquirido sem ter gasto uma gota de suor.

O dilema. - E o que fazer agora, Vicente? Deveria arriscar-se indo ao cartório registrar a propriedade? Depois de tantos nós, de não conseguir desviar-se da ética e de ser, de certa forma, rejeitado por isso, caberia ao homem, o cidadão, o jornalista, esquecer-se de tudo e aceitar a casa que abrigaria a sua velhice, ficções e poesias?

CAPÍTULO FINAL

Nesses últimos dias, a veia poética de Fagundes Neto, como gostaria de ser chamado caso viesse a ser um poeta dos bons, estava afiada. Não sabia se os versos, hoje inversos e avessos, chegariam ao coração das pessoas. Uma coisa é escrever um livro de ficção com começo, meio e fim. Outra coisa é afiar poesia, apontá-la nas vias de uma flecha e atingir o alvo, bem no centro do peito. Os versos não contam mais com o romantismo, a lógica pressupõe a localização das palavras num conceito estético *by layout* e os mesmos ainda devem ser algo conceitual – bicho estranho, esse tal conceitual. Mesmo assim, decidiu arriscar umas palavras aéreas e ainda "desobjetivas". Eis aqui o conteúdo da exposição. À porta de entrada do salão azul, alugado para a exposição que deveria apascentar a curiosidade dos novos vizinhos, uma introdução, intitulada "Poesia e Literatura", repousava sob um tampo de vidro em uma mesa bem no centro do espaço e dizia:

Assim como no improviso do jazz o solista precisa de uma coerência musical para expandir-se entre as firulas que tanto encantam os amantes da arte de Thelonius Monk, a poesia, prolixa ou objetiva, carece de sentidos e de dezenas de sentimentos para mexer com os horrores da vida.

Quando saio de casa ou de mim em direção a uma folha de papel em branco, sugiro palavras soltas e incoerentes para, a partir daí, deixar-me levar sem que seja preciso saber para onde.

O caminho sem retorno é a única ambição de quem se diz nômade em espírito, mas também errante em sua natureza, pois são os percalços, os buracos, o vento, a falta de sinalização, o inexorável que atendem a alma de quem pensa escrever letras, rimas e algum sonho.

Ah, o vento! Ah, o vento...

Vez por outra, ele me abarca à deriva e me põe, sem consultar, no estreito horizonte de Gibraltar.

Depois, numa rajada sobre um muro frágil feito, imagine, de algodão, promove em mim o medo não revelado dos marinheiros, diante do frio gelado e patagônico do Sr. Horn e o frio polar.

E lá vou eu... escrevo, apago, reescrevo, apago de novo e me entrego à clandestinidade de quem, com grande enjoo, sofre os dissabores da totalidade.

Este sou eu, se é que eu sou do jeito que penso estar.

Mas nunca estou.

Nunca, em nenhum lugar.

Nas paredes, sete poemas foram erroneamente emoldurados. Questionei o poeta sobre os limites impostos. Disse-lhe que daquele jeito a arte fica sem poder saltar das telas para o coração das pessoas. Nem me deu ouvidos. Claro que Fagundes Neto estava mais para Vicente que para um artista organizado, cuidadoso, pescador de palavras, jeitos, sussurros, gratidão e sonho. Havia pescado o amontoado de papéis esquecidos na clínica graças a mim, Bruno Henrique. Essas são as únicas ideias que sobreviveram aos desencantos de um homem controverso e sensível.

Há tempo não verso um verso, com ou sem rima.

Culpo o tempo veloz como a sombra que decorre antraz da luz.

Culpo o dia por não mais me perder no colo em que se configura a poesia.

E culpo também o agora, que minuta o tempo – sem trégua –

Para que eu possa desenhar o que sinto.

E já passou.

(E não me serve de nada).

Mas não me culpo. Nada tenho com isto.

Afinal, sou só poeira, à derivante e da lua

Que expõe e mingua os olhos que se tornaram fixos

No labirinto em que estou: grua.

Estação Beija-Flor

Beijo é beijo

Não sei se me debico

Ou me dou de beber

O que me aflige

É beijar a vida

Sem beijar você.

Não me beije como penso fecundar o amor

Assim

Assim

Assim

Como beija o beija-flor!

Seu beijo, sem amor,

Nessa vida solta, sem versos,

Dessas que a poesia só é poesia

Quando os extremos rimam

Beijo e dor...

Voo paralisado,

Como se a eternidade,

Alçapão de quem vive,

Fizesse de mim um ser inanimado.

***

Beijo

Teu beijo

Meu beijo

E tudo se perde, se esvai e para.

E o beijo sem pressa para o tempo

O coração

O pensamento.

Eu levito

Tu levitas

E o verbo amar

Contido e libertador

Bica na expressão de um mesmo verbo:

Beijar.

E nos tornamos carne

E o espírito,

Santo,

Engravida nossas línguas.

Beijo de quem beija a lua

A vida

O luar.

Beijo que em popa adentre

Prisioneiro, ardente

Beijo de amor

Que em nosso útero

Ventre.

Nos fundos do pequeno espaço de arte, Fagundes preferiu destacar o menor de seus poemas. O quadrinho em enorme parede pintada na cor preta lia-se:

O baile

Sabe aquelas montanhas

Que o vento traz o vento do frio?

São vales e desafio.

Escuridão e amor.

Lembra-se de quando fomos até lá?

Estava quente como nunca se viu.

Os olhares eram turvos

Na miragem de um infinito assobio.

Não se recorda!?

Tudo bem, você estava no cio.

Ar dor

O ar vai para o tempo que se encarrega do fôlego;

O fôlego para no espaço que carrega o tempo...

O ar, a tempo de bandeirar a minha dor...

Arrasta – de bico – rabos e crinas!

Morra o tempo que se espalha feito o diabo do tempo

E espeta o Nosso Senhor!

E agora o ar vem calar os meus espasmos...

As vibrações e lampejos que demonizam a poesia,

Vêm preencher o tempo, o espaço

Como se fosse um amor esquizofrênico, coxo.

E vem soprar versos, calando-se à bizarrofrenia

Descompassando os compassos – a gozar-me frouxo.

O ritmo nada tem a ver com o sopro que a vida sopra em mim.

O sopro vai e vem sem compromisso

Até um final a que se destina. Ou ao começo onde tudo termina.

E respiro como quem sobe escada

E tropeça no impróprio e ofegante ar.

O mesmo ar que sublima as palavras de sempre

À deriva nas prateleiras de livros que poluem o meu inspirar.

Não sei mais os ares que suspiro...

Voo o desfiladeiro gozo

Até que o vazio desperte a coragem de respirar.

Voo à fé, imagem e semelhança,

Como passarinho em dia de chuva

A levitar o amor que tudo alcançará.

***

Sem nome

No dorso das montanhas,

Bem no ápice que contorna o limite

Entre a terra e o céu

Há um horizonte pálido

Sem nuvens, sem pássaros.

Aqui debaixo, debaixo de tudo,

No subsolo de minhas teias

Tudo perece na linha do tempo...

O cenário não muda

E o dia igualmente morre

No momento que pertence à Lua cheia.

Na crista dessa grande onda de terra e mata

Meu chão vira poço

E minhas palavras não se encontram mais.

Eco, dou-te um grito de fúria e medo

Mas tu não respondes, não respondes, não...

Sem fôlego suplico, imploro,

As lágrimas denunciam que já me esqueci

Muito antes de virar moço.

Para encerrar a exposição – que não deixava também de ser uma encenação social – poder-se-ia sair do ambiente deleitando-se com os pesares da aflição:

Fim

Cansaço, laço

Exaustão, um vão

Fim de um amor.

Dúvida, embaraço

Medo, dor

Imprecisão.

Encruzilhada, cilada

Velas, santos, cantos, fé e lendas.

E fendas.

Sonho desfeito

Defeito no escuro azul dos olhos do meu peito.

A contramão

Freio, arreio,

Coração

Marcha à ré, velocidade,

Ilusão.

Ex-amor

Ex-paixão

Maquiagem

Água fria

Sofrimento

Sono

Encolhimento de algodão.

XXXI

A poesia, enfim, havia postulado um caminho que não fosse o baú de um homem que nunca se sentiu capaz de tentar a publicação de seus versos. Seus poemas agora estavam expostos, eram públicos, timidamente públicos, é verdade, mas recebiam destaque da ação que Vicente nunca ousara antes. Mas a pedra e o limo ainda pertenciam à sua generosa índole literária, embora esse lado estivesse na vala clínica do homem vencido que ficou lá atrás, certamente mofado como o próprio baú. O livro, a obra em si, muito mais dele que de Bruno, dava-lhe conforto e poderia irradiar novas dimensões, embora reconhecesse o trabalho do jovem. Mas ainda não publicara nada; não existia como autor. E diante das escolhas e de tantas escolhas erradas que fizera durante a vida, Vicente estava às voltas com o dilema da casa, do aluguel do imóvel na cidade de Salvador, da pequena fortuna deixada em sua conta bancária pelo asqueroso Murilo e a inexplicável saudade da clínica!

— Cruzes! A vida é mambembe, assim como a inércia de um organismo doente e frágil. Merda! – desabafou o jornalista e poeta.

Vicente resolveu deixar de molho o problema que o afligia. No tempo certo, as autoridades bateriam à porta e ele, quem sabe com mais sorte na vida, estaria em condições de tomar outro rumo. Portanto, nada de pressa para ir ao cartório reconhecer algo que não era seu por direito e muito menos pressa de realizar seu próprio despejo. Deixa estar para ver como é que fica, foi a frase que lhe veio à cabeça, como um versículo da corrupção a permear-lhe as tentações. Tentação... ao deparar com a palavra "tentação", Vicente se ateve à mais emblemática oração cristã, o Pai Nosso. Quais seriam as tentações que o vinculariam à roda dos escarnecedores, como dito no Salmo 1, da Bíblia Sagrada? Vicente conhecia Salmos e Provérbios, embora não recorresse a eles em nenhum momento da vida.

As correntes eram diversas e puxavam-no de um lado para outro numa competição sem fim. De um lado, o demônio; do outro, a serenidade. Aqui, a culpa; de lá, a vergonha. E mais uma vez, era imperioso recorrer à fé que havia mofado quando tentou encontrar morada em seu coração nas horas mais tristes da vida e Vicente simplesmente a esquecia em um canto qualquer, como quem morre a cada dia. As coisas estavam turvas, não eram confiáveis, a verdade parecia vir sem o crivo soberano dos lados em conflito. O julgamento, qualquer que ele fosse, estava comprometido. E era-lhe impossível reagir sem o apoio de suas emoções.

Primeiro: a tua casa não é de pedra, Vicente, ouviu alguém dizer no fundo de sua alma.

Segundo: a tua casa, a tua morada, contempla, sim, os teus filhos. Todos eles, repetiu-lhe a angústia.

— Só me faltava essa, agora. Dar ouvidos a quem não reconhece a história recente. E quanto ao abandono? E o desprezo pela verdade? Os meus filhos, meus próprios filhos, armaram uma situação mentirosa, desprezível, longe de toda e qualquer compaixão comigo. E isto não conta, ô voz do além?

Vicente lembrou-se da voz poderosa de Murilo, a mesma que pensou ser de Deus, a lhe estender sonoridades naquele labirinto de Macacos e dizer: "Deus está amargo porque está acorrentado em seu peito".

— Meu Deus! Como ousam pronunciar o Teu nome em vão? O que parecia ser um pastor de ovelhas é um falso profeta! Acorrentado estou agora, mas eu vou te denunciar seu filho da p...! – espinafrou o ingrato Vicente.

— Relaxa, Vicente! – voltou a dizer-lhe a voz de barítono.

Isso mesmo! A julgar pela distância de todos, de não se fazer fácil e nu nas redes sociais, embora a ferramenta pudesse viabilizar alcances inimagináveis às suas pretensões literárias, o jornalista estorvou-se para derivar sobre o assunto que tanto o incomodava. Estava longe dos filhos, que a bem da vergonha ou da culpa, deveriam mesmo ficar onde estavam. Sem saberem de nada, nem vergonha ou culpa haveriam de ter. Naquele refúgio, diante da loteria premiada de morar em uma linda casa nos mares do norte da Bahia, era sensato abraçar o prêmio que a vida lhe dera sem que para isto ele tenha mexido um dedo de corrupção. Nem na tal corrupção passiva ele se enquadrava. Vicente fora vítima, sim, da sorte. Isso era o bastante. E mais: a ética sem publicidade não se pertence, ou seja, sem que nenhum dos seus amigos, colegas de redação e estúdios, vizinhos, parentes e mesmo os filhos ficassem sabendo, que mal haveria em abraçar o prêmio com que a vida o abençoou? Não houve morte, nenhum roubo aconteceu; nem Vicente corrompeu, destruiu ou se vingou. Aliás, para o prêmio da casa ele sequer escolhera os números da sorte. Foi a sorte que caiu do céu como se ele tivesse apostado nas dezenas vencedoras da Mega-Sena. Ah, como maçãs.

Um baile cairia bem para um dia de quinta-feira no Souza Bar, mas Vicente resolveu ir até o restaurante do Zezinho para comer, segundo ele, o melhor peixe da região. Interessante foi a situação que encontrou no bar: um garçom sergipano, em território baiano, paulistas de Limeira cantando samba, um assistente mineiro, num ambiente tipicamente carioca. Pediu caipirinha e cerveja para combinar com os pés inchados e para fazer a cabeça rodar. Após cantar, batucar na mesa com o ritmo desprezível de um francês no samba, Vicente pôs-se de pé e o destino era a casa de umas moças muito dadas e muito boas, de quem ele ouvira falar na mesa ao lado. Cambaleando até o taxi, Vicente olhou para o profissional do volante e deu ordem para tocar até a zona mais próxima. Checou na carteira se levava camisinha e a pílula azul e acabou adormecendo no veículo antes mesmo de chegar ao destino. Acordou naquele ambiente amarelo e vermelho, cheiro de cigarro, fumaça subindo pelas paredes e música decadente. Mais que depressa, passou os olhos na carteira e viu que o taxista pegara apenas o valor da corrida.

Com os olhos, perpassou-os pelos cantos do lugar, ficou por um instante em uma janela que parecia os óculos de uma torre medieval e viu que uma seta apontava para o nome do estabelecimento: Condomínio do Amor.

— Muito prazer, meu nome é Valéria Valeriana. Em que posso ser-lhe útil, infinito cavalheiro?

Ah, não! Ser atendido assim, com palavras saídas de um livro e justamente pela mulher que seria a sua deusa baianinha, era demais para o poeta.

— Está vendo? Nem tudo é mentira na vida do Murilo –, falou em voz alta –, olhando fixamente para a profissional.

Vicente quis levantar-se, colocar-se ereto em contrapartida ao pênis esquecido e quase morto e viu que a mulher (ah, as coincidências da vida!) era a cópia de Cândida. Coitada da moça! Valeriana era bem mais jovem, bonita, cheirosa em excesso, mas igualmente pertencia a um botequim pé sujo brasileiro como o *bodegon* portenho. Para descrédito da situação, a máquina de música começou a tocar um tango argentino e o garçom berrou nos ouvidos do jornalista: "Uma esquecida na mesa vinte e doooiiiisssss!"

***

A investigação. Agentes da Polícia Federal, do Ministério Público Estadual, da Polícia Civil e técnicos da Receita Federal passaram a investigar a clínica Razão e Sensibilidade, depois das denúncias formuladas por Helena e Vitória, ex-enteadas de Vicente e pelas buscas superficiais da própria Polícia Federal, quando o jornalista apontou os nomes de Murilo Manso de Lima e José Pinheiro como estranhos na comunidade. Era um entra-e-sai de agentes que logo se mostrou enfadonho e irritante para os idosos, acostumados ao silêncio e à rotina de sempre. Homens de preto, revólver na cintura e óculos escuros até quando a chuva escurece o medo. Era a insensibilidade com ares de truculência, no espaço particular da clínica.

O caso deles, segundo os entendidos do Direito, estaria prescrito. A idade de ambos, setenta e três e setenta e cinco anos, concedia-lhes parcialmente o benefício da redução de pena, segundo o Estatuto do Idoso. Ou, como está na redação jurídica, "são reduzidos pela metade os prazos prescricionais quando o réu, ao tempo da sentença, tem mais de 70 anos". Murilo e Pinheiro ficaram e estavam quietinhos na clínica de Macacos onde esconderam-se com o senil vislumbre de que não seriam importunados por uma ou outra sentença. Como haviam praticado crimes e extorsões sucessivas, os idosos resolveram a questão saindo de cena. E, se por um acaso fossem encontrados, aventariam o art. 117, I, da Lei nº 7.210/84, "quando o paciente é pessoa idosa, com mais de setenta anos, deve ser recolhido em residência particular". E eles realmente se enquadravam ao abrigo da lei, porque fixaram residência na clínica de Nova Lima. A alegação era o fato de Pinheiro ser cadeirante e portador de diabetes e Murilo ter os mais severos sintomas da Síndrome de Borderline.

Os agentes passaram então a fazer perguntas sobre a Razão e Sensibilidade. Sabiam que a instituição era usada para escamoteações diversas, mas não conseguiram sequer alcançar o tráfico de entorpecente dos mais diversos tipos de medicamentos que vagueiam pela farmacinha psiquiátrica lá instalada. A alegação que logo convenceu os policiais foi a de que as substâncias ficavam em um cofre, que havia controle de entrada e saída em livros e programas de computadores, que vasculhar e interpor dúvidas a respeito carecia de investigação médica paralela para ver quais pacientes precisavam ou não das fórmulas administradas. Não havendo esse cuidado, qualquer pergunta seria uma provocação.

Aos poucos, a polícia foi deixando o local e entregando os pontos, como se diz no vocabulário mineiro, para significar que os homens iam desistindo aos poucos, de atuar nos casos mencionados. Sob os olhos atentos de Murilo e Pinheiro, a resistência fingida do Dr. Orácio Nicácio, o alívio da enfermeira-chefe e dos cuidadores, com a apresentação aleatória de documentos de compra e venda de medicamentos misturados a pastas de controle e a perplexidade da Matilde que, repito, atônita, olhava tudo aquilo como o fim da vida, como se os sonhos não sonhassem de novo, os segredos guardados sem muito critério ficaram onde sempre estiveram, no cofre do esquecimento.

Portanto, Vicente, você está absolvido dos seus esquecimentos. Você apenas entrou para a rede, o sistema, a malha fina da inconsistência. Tudo é esquecido. E quanto mais você for um dissimulador, mais sorte haverá de ter no espetáculo da vida. No palco, a estrela pode ser a contrarregra que aperta os botões das cordas e dos spots luminosos compondo, a partir daí, cenários que arrodeiam o próprio roteiro. E vivas ao circo!!!

No estúdio de som da casa, tocava o DVD do Barão Vermelho.

Eu te desejo não parar tão cedo

Pois toda idade tem prazer e medo

E com os que erram feio e bastante

Que você consiga ser tolerante

Quando você ficar triste

Que seja por um dia e não o ano inteiro

E que você descubra que rir é bom,

Mas que rir de tudo é desespero

Desejo que você tenha a quem amar

E quando estiver bem cansado

Ainda exista amor pra recomeçar

Pra recomeçar

— Esta é a banda blues do Brasil! – falou alto Vicente, para o Schnauzer Luigi Parla. E profetizou para o amigo: "Ainda vou encontrar alguém para recomeçar."

A tarde foi caindo e a primeira lua cheia do ano já despontava grandiosa no céu fértil e cinzento da Bahia. Vicente olhou o visor do celular e anotou que o astro que comanda os lobos solitários estava programado mesmo para aquele dia, 31 de janeiro, quarta-feira. As dimensões do astro eram de tamanha magnitude, entrando na sala sem cerimônia e como se dono de tudo fosse, que Vicente acabou dobrando os joelhos; automaticamente vieram-lhe os gestos do sinal da Cruz e daí começou a rezar. Para alguma coisa haveriam de servir as decorebas da infância e o conhecimento das obrigações religiosas retidas em seu inconsciente. Estava no ponto. E viu que era cínico. Vicente Fagundes de Paula Neto começou pelo Salmo 23: "O Senhor é o meu pastor e nada me faltará..." e rezou o Pai Nosso como rezam os adventistas: "Perdoai as nossas dívidas assim como nós perdoamos os nossos devedores..." e lembrou-se dos filhos que teriam se apropriado de seus quarenta e seis milhões de reais, perdoando-os em seguida. E discorreu o Credo, a Ave Maria, a oração do anjo protetor e, por último, até como embaraço da consciência, orou: "Senhor, eu não sou digno de que entreis em minha morada – e a lua já sentara na sala – mas dizei uma só palavra e serei salvo."

Ilustrações:

Músicas

Roberto Frejat - Amor pra recomeçar
Carlos Gardel - Por una cabeza
João Gilberto - Pra que discutir com madame
Morris Albert - Feeling
Demônios da Garoa - Trem das 11
Cazuza - Vida Louca
Renato Russo - Mais uma Vez
Joe Dassin - Et si tu n'existais pas
Lulu Santos - Como uma Onda
Raul Seixas - Maluco Beleza
Coldplay - Viva la Vida
Blitz - A dois passos do Paraíso
Zé Rodrix - Blue Riviera

AGRADECIMENTOS ESPECIAIS
Luiz Laércio Frota Cavalcanti
Frederico Porto
Paulinho Bizzaria (Diretor Studio HP)
Ronaldo Lucio Pereira (Produtor de Áudio - Studio HP)
Fabiana Bomtempo (Cervejaria Brücke)
Target Multimídia - BH

Quixote+Do Editoras Associadas
www.quixote-do.com.br
editora@quixote-do.com.br
(31) 3227-30-77

Palatino Linotype 13, papel Polen Soft 80g

MISTO
Papel proveniente de fontes responsáveis
FSC® C092828

PRINTED WITH SOY INK®